朧月書版

朧月書版

Author 草草泥
Illust. 阿蟬
反派吸血鬼的求生哲學
2

Contents

Prologue

莊嚴堂皇的神殿中飄揚著悠揚的樂聲，明媚的陽光透過彩繪玻璃窗，在地上留下彩色的斑斕痕跡。王國的英雄聖騎士站在最前方，接受眾人的掌聲。

今天是新的聖騎士長上任的日子，也是奧斯曼王國人民引領期盼的歷史性時刻。因前任聖騎士長下落不明，神殿幾番開會討論後，決定讓他們的王國英雄接任。

這位王國英雄打從十歲起便加入神殿騎士團，一路以來披荊斬棘，砍下的怪物頭顱多不勝數，其強悍的實力與良好的品德為人津津樂道。

「成為奧斯曼王國的聖騎士長，意味著你將成為太陽神的守護之劍。你願意嗎？聖騎士尤里西斯。」王國聖女緊握長劍，帶著莊嚴肅穆的語氣問道。

「我願意。」

尤里西斯單膝跪下，在太陽神的代言人面前俯首稱臣。

聖女點點頭，慢慢地將長劍的劍尖點在他的雙肩上。

「我以第一百六十二任聖女之名，正式任命你為第七十五任聖騎士長。」

此話一出，現場歡聲雷動，這一天，全國上下都在慶祝他們的王國英雄成為新一任聖騎士長。

聖騎士團的弟兄們振奮地高呼他的名字，信徒們則愛慕而景仰地呼喚他，尤里西斯不負眾望地向眾人頷首致意。

此時，唱詩班開始詠唱起太陽神的讚美詞，尤里西斯持劍歸隊，他盯著象徵太陽神的神像，此刻心中只有一個想法。

好餓。

為了這繁瑣的流程，他一大早就起來準備，根本沒時間吃早餐。

他可是正在嚴格進行飲食管理，三餐都要吃的。要是哪一餐漏掉，害他的吸血鬼跟著營養不良就不好了。但他今天不但什麼都沒吃，滴水未沾，甚至沒有晨跑、練劍、伏地挺身，血液品質簡直差得可以，再這樣下去，他要拿什麼面對他的吸血鬼啊？而且是誰規定就任儀式要用長劍點雙肩的啊？大家都沒看到聖女剛才都快拿不起長劍了嗎？要是她沒力氣，那長劍這樣子拍下來，他怕是要成為第一個剛上任就要領傷殘津貼的聖騎士長了。

再說儀式已經結束了，他可以回家了嗎？艾路狄家為了慶祝他升官，今天為他準備了一個小派對，他趕著回去，可以快點結束嗎？

「現任聖騎士長真是個虔誠的人，你看他專注看著神像的樣子。」其中一位女性信徒陶醉地盯著尤里西斯的臉龐。

「你看到了嗎？剛才聖女拿著長劍是抖震的！一定是為了新聖騎士長的上任而激動得難以自控！」另一位信徒興奮得臉色潮紅地跟身旁的人說道。

「據說前陣子他把兩個吸血鬼家族的繼承人打得落荒而逃。」另一名信徒點頭如搗蒜。

一名王公貴族噗哧一笑，涼涼地反駁：「假的吧？那個尤里西斯私下不是很會玩嗎？之前還跟國王陛下在城堡大開多人派對。」

提到這件事，貴族間紛紛竊笑出聲，連聖騎士弟兄也各個忍俊不禁。身為笑話中心的尤里西斯備感無奈。

「哈哈哈！」其中一名王公貴族笑得特別不留情，聲音大到附近的信徒都聽得見，「原來有這種事？那個聖騎士長這麼會玩，應該跟蓋布爾家的公子交個朋友，他們一定很合得來。」

這番近乎無禮的發言引來一陣側目，眾人聞聲一看，發言人是一名長相英俊，有著蜜色異國肌膚的青年。他坐在倒數後面幾排，身著沙漠地帶的異國服飾，姿勢愜意，一隻手還放到了旁邊賓客的椅背上，如此懶散的姿態一看就是個紈褲子弟。

那對暗褐色的眼眸彷彿被施了魔法一般，多看幾眼便感覺如墜深潭，除了坐在他身旁的白髮青年，沒人敢與他多對上幾眼。

「那只是謠言罷了，國王陛下收了一株會吟叫的曼德拉草，一時沒處理好才讓曼德拉草的叫聲傳遍城堡。」

與那紈褲子弟不同，白髮青年坐姿優雅，他身著王國正統的貴族服飾，長相纖細俊美，聲音也婉轉悅耳，儼然一個教養良好的貴族公子。他的眼睛雖然也是暗褐色的，但給人一種如沐春風的安全感。

紈褲子弟朝身旁夥伴挑了下眉，「這等好東西，怎麼不跟大家分享一下？一個人獨享多無聊，你說是吧？」

白髮青年被他的發言逗笑，低聲回道：「你要是喜歡，下次也送去給你。」

在兩人談笑期間，坐在後排的民眾紛紛交頭接耳起來。

「那位是哪個國家來的貴客啊？講話怎麼這麼無禮？」

「旁邊那個白髮小公子是哪個家族的啊？長得好好看，怎麼之前沒看過？」

一直對後方的騷動視而不見的新任聖騎士長在聽到某個關鍵詞後，猛然回首看向後方。

他的目光穿越重重人群，一眼落在後排的白髮青年身上。

白髮青年感覺到灼熱的視線，遂而轉過頭，與他對上目光。

在看見對方對他展露真誠的笑容時，尤里西斯感覺自己像被電了一下，心臟也失了序般狂跳。

他默默挪回目光，雖然表情仍一如既往的淡定，但耳根已經紅了起來。

錯不了，那是他的吸血鬼。這裡不是太陽神殿嗎？怎麼混進來了？

奧斯曼王國的吸血鬼是不是太囂張了一點？連聖騎士長的晉升典禮也敢來，還大搖大擺地坐在人群中，簡直目中無人，這份囂張卻讓尤里西斯沉迷不已。

他信奉的從來就不是遙不可及的神明，而是對美好生活的渴望。

曾經的他為了過上穩定的生活，加入神殿、成為聖騎士，如今為了喜歡的人，他成為了聖騎士長。

理想的未來近在眼前，只要這個人伸出手，他就能擁有全世界。

Chapter.1 吸血鬼與地下書店

一個星期前。

「什麼，你說下星期？」

「嗯，白天去神殿參加一下晉升典禮，晚上就回來了。」

「不要把聖騎士晉升典禮說得好像去吃午餐一樣，那不是很盛大的儀式嗎？」

伊凡不敢置信地盯著眼前一臉淡定的聖騎士。

尤里西斯似乎是真的不在意這件事，比起晉升典禮，他更在意抱在懷中的吸血鬼寶寶。

吸血鬼寶寶露出小小的尖牙，咯咯笑著窩在人類聖騎士的懷中。小艾路狄公子剛被奶媽餵食完，正在享受人類血奴的拍背服務。

「是挺盛大，許多貴族會來。當天儀式結束後還會遊街出巡。」

可以說是舉國歡慶的活動了，不過這對尤里西斯而言意義不大，因為他的師長、妹妹還有伊凡都不會出席。前任聖騎士長賈克森至今仍下落不明，妹妹貝莉安在王城仍通報為失蹤人口，吸血鬼伊凡更不可能出席這種場合。

比起成為聚光燈下的焦點，他更喜歡跟親朋好友聚在一起，所以這場晉升儀式對尤里西斯而言不過是工作的一環。

可不管怎麼樣，一個將要成為聖騎士長的人仍三天兩頭地跑來這裡實在太招搖了，這讓伊凡頓時哭笑不得。

伊凡還記得在原作《吸血鬼帝王》裡，晉升儀式是主角尤里西斯的高光時刻，且所有後宮都來了。身為讀者，他想親眼看看這段劇情。不過那畢竟是神殿的儀式，他身為一個吸血鬼，去那裡好像有點不太合適。

雖然他知道若尤里西斯知道了，肯定會想辦法讓他去現場觀禮，但尤里西斯畢竟是這場晉升儀式的主角，有很多事要忙，伊凡不想麻煩他。

再說了，他也想給尤里西斯一個驚喜。若尤里西斯看到他出現，不曉得會露出怎樣的表情？

想到此，伊凡有點期待。

「伊里歐睡著了。」尤里西斯看著不知何時睡著的小寶寶，眼神像在看待一個易碎的寶物。

「嗯，這年紀就是吃飽睡、睡飽吃嘛。」伊凡嘴角泛著笑意，覺得眼前的畫面十分溫馨。

在原作裡，伊里歐跟尤里西斯的關係十分惡劣，伊里歐把尤里西斯視為滅族仇人，尤里西斯則心懷愧疚，打算在登基後將艾路狄領地的所有權還給伊里歐，但最後到底如何，伊凡也不曉得，因為在看到結局前他就死了。

不論如何，這一世不可能看到這樣的場面了，這讓伊凡很有成就感。

「你小時候也是這樣子嗎？」尤里西斯好奇地望向伊凡。

「不，我小時候可是惡魔寶寶，一看到血就哭鬧，每次餵食都讓大家花費好一番力氣。」想到那個場景，伊凡忍不住笑出來。「媽媽說，以前要吃飯時，必須有兩個人哄我，一人負責按住我，一人負責餵食，還要有個人拿著臉盆，隨時準備接我吐出來的血。每次餵食都像發生了一場慘案。」

「……」

也幸虧他出生在富裕家庭，生來就有很多人伺候，換作是平民家族，哪禁得起這樣鬧。

「看不出來吧？據說我第一次學會自己吃飯時，奶媽還感動得哭了。」

「不，可以想像。」尤里西斯意味深長地說，「你現在吃飯時，還是需要哄。」

伊凡笑容一僵，想到尤里西斯私下為他「餵食」的樣子，伊凡臉色一紅，一把搶過尤里西斯手上的吸血鬼寶寶。

「吵死了，下星期就要晉升的人為何還待在這裡？還不快回去準備！」

「我知道了，你動作輕一點，等等吵醒伊里歐。」

看見對方嘴角隱忍的笑意，伊凡感到有點惱羞。直到尤里西斯離開時，他的臉頰仍是發燙的。

自從尤里西斯成為他的血奴後，三天兩頭就關心他有沒有吃飽，每次餵食都很積極，逼得伊凡無路可逃。

雖然不再抗拒喝血，但伊凡仍不太喜歡把尖牙戳入人體的舉動。可他父親萊特說過，吸血這種行為就跟動物學習狩獵一樣，可以讓吸血鬼保持敏銳的感官與行動力，另一方面也能攝取最新鮮的血液，所以是必不可少的。

不論如何，現在的伊凡已經不再陷入動不動就貧血的窘境，他的精神變得很好，行動也比以前俐落多了。

「霍管家，我也想進城，幫我安排一個身分吧。」

伊凡在書桌前坐下，故作從容地吩咐一旁的吸血鬼管家。

「少爺！」霍管家彷彿看到自家小孩終於長大，頓時感動得痛哭流涕。「您終於打算混入人類社交圈了嗎？」

為什麼說「終於」，是因為隔壁兩家的貴公子早在十二、三歲時就混了個身分，潛入王城了，吸血鬼是七原罪的俘虜，比起睡在硬梆梆的棺材，他們更喜歡柔軟的大床，平時也很注重生活品質以及社交娛樂。除了會吸血外，他們其實跟一般人類貴族差不多。

為了支撐起他們的精緻生活，古老的吸血鬼家族通常家裡有礦，還擅於經商，底下的事業經營得有聲有色，在王城中也有不少人脈。

「我只是想去參加尤里的晉升典禮。」

因神殿空間有限，晉升儀式只會開放給有收到邀請函的人觀禮，現場也會依貴賓的身分地位安排座位。

霍管家也是個聰明人，他立刻反應過來，伊凡是想給自家血奴一個驚喜，遂而笑咪咪地回應：「原來是這樣。那少爺想在哪個位置觀禮？從第一排到最後一排，只要是少爺想坐的位置，管家都為您安排。」

「……」

這是在電影院劃位嗎？一般人連要拿到一張邀請函都極為困難，他們家倒好，還給人家選起位置來了。

「我不想太高調，中後段的位置就行了。」

「這樣的話，少爺要不要考慮這兩個身分？」管家揚手拍了兩下，一名文書官立刻遞上兩疊文件。

霍管家指向左邊的身分證明文件，道：「第一個身分是落魄貴族的小公子，這個家族已經在貴族社交圈沉寂十年了，之前家主經商失敗，欠了一屁股債還不出來，就把自己的姓氏賣給艾路狄家了。」

伊凡仔細端詳著文件，對這個內容越看越熟悉，他瞄了一眼站在餐車旁，笑容尷尬的人類僕從。

「這不是你之前的身分嗎？」

「那是以前的事了，少爺。要不是艾路狄家出手幫忙，我家人就要被賣掉了，很感謝夫人出手相救，還清我家的債務。」人類僕從急忙解釋，「若您選擇這個身分，我可以作為您的隨侍，協助您。」

伊凡摩娑著下巴，「另一個身分呢？」

「另一個則是卡托拉商團老闆的兒子，卡托拉商團是跟我們合作許久的商團之一，負責艾路狄家的藥草進出口貿易。」提到此商團，霍管家嘆了一口氣。「本來曼德拉草也是委託卡托拉商團交易的，但經過上次的事件後，老爺已經將曼德拉草委託給另一民間商團買賣了。卡托拉商團的老闆為了賠罪，將兒子的名分賣給艾路狄家族。商團老闆保證，不論派來的人是圓是扁，他都很樂意將對方當成『親兒子』看待。」

在金錢利益面前，有很多人類願意為了錢，為吸血鬼開個後門。這也是為什麼加雷特跟阿德曼能在王城呼風喚雨，想當個神職人員也不是難事。

「卡托拉商團現在還有跟艾路狄家進什麼貨？」

「檸檬馬鞭草、迷迭香、薄荷等常見藥草。他們目前跟神殿還有合作，卡托拉商團會從國外大量進口神聖鼠尾草賣給神殿。」

聽到最後一句，伊凡眼神一亮。

「就這個吧，告訴商團老闆，他的『親兒子』要來了。」

「還是伊凡少爺有眼光。」霍管家習慣性地吹捧一句，卻也盡責地不忘提點一下：「不過還是提醒一下少爺，這個身分雖然可以跟神殿打交道，可是想接觸貴族可能有難度，因為商團老闆是個平民。」

「嗯……」伊凡低頭深思。

經過賈克森事件，伊凡也有心思想在神殿擴展一些人脈，加雷特暗中影響了前任聖騎士長，並將供貨給神殿的藥草商人掉包，種種跡象都說明了他在神殿是有點人脈的，伊凡想要破壞他在神殿中的影響力。可神職人員中不乏貴族與平民，想要在神殿左右逢源，他必須擁有貴族身分。

「我不能結合這兩個身分嗎？」他抬起頭，眼中帶著一絲疑惑。

「啊？」

「身為失勢貴族的我為了重振家族光榮，所以成為商人，結果被商團老闆相中當成接班人培養？」伊凡將兩份文件疊在一起，講出一個有如輕小說的標題。

「不錯呢。」曾經是某個失勢貴族的僕從忍不住點頭附和，他喜歡這個勵志的劇本。

「這樣也比較合理，」霍管家也覺得這個辦法可行，「因為商團老闆不可能有像您這般英俊的兒子。」

伊凡哭笑不得，把話題拉回正軌：「我只想知道商團老闆有沒有辦法弄到邀請函。」

「以他在神殿的人脈，要弄到一兩張不是難事，只是位置不是很好，大概就中間吧，有很多人頭擋著的位子。」

「差不多就行了，我一個吸血鬼，難不成要坐第一排？」伊凡開玩笑地反問。

「依少爺您的身分，絕對有資格。可惜那裡是太陽神殿，現場的神職人員進行儀式時可能會使用聖光，不建議少爺您坐這麼前面。」霍管家也很實際地分析給他聽。

「那就這麼決定了，請卡托拉商團的老闆明天中午來領地跟我共進午餐。」

這個邀請既唐突又霸道，且沒有拒絕的餘地。換作是任何一個當老闆的都會覺得失禮，但他可是吸血鬼，要是拒絕吸血鬼的「邀請」，後果可不會只有傾家蕩產這麼簡單，敢跟吸血鬼做生意的人都明白這個道理。

＊

隔天早上，卡托拉商團的老闆便乘著馬車，準時抵達艾路狄宅邸。在霍管家的帶領下，人類商團老闆來到飯廳，一看到坐在長桌另一側的是伊凡，頓時愣了一下，但很快就反應過來。

「您就是吸血鬼女王之子，伊凡·艾路狄少爺嗎?幸會幸會，久仰大名。」商團老闆是一名留著絡腮鬍的壯年男子，一看到，立刻對他行了個禮，恭敬地表示：「您跟萊特殿下一樣英俊呢，我是卡托拉商團的老闆，叫我路齊就好。」

「坐吧，路齊先生。」伊凡揮了揮手，語氣隨意卻又不失禮，他現在已經不像以前一樣，會刻意裝出一副高傲的模樣，來凸顯自己的吸血鬼身分了，如今他的力量日益變強，就算不這麼做，他也能展現身為吸血鬼強悍的一面。

「好、好的。」路齊戰戰兢兢地坐到長桌對面的位置上。

雖然吸血鬼的主食是血液，但他們的料理一點也不馬虎，從前菜、湯品、主菜、點心一樣不缺，僅僅兩人的私人會面午餐也能端出十幾樣菜。

作為主菜之一的穆赫辛烤羔羊排好吃得讓見多識廣的商團老闆差點連舌頭也吞下去，之後端上的布朗尼，上面撒的金箔更是多到差點把人閃瞎眼。

路齊這是第一次跟吸血鬼吃飯，他心想真的百聞不如一見。傳說，奧斯曼的吸血鬼各個財大氣粗，連最低調的艾路狄家也不例外。

「這次來是想請你幫我取得聖騎士長晉升儀式的邀請函，我想去現場觀禮。」伊凡優雅地啜了一口蔓越莓汁，這是廚師為他研發的新飲料——鮮血蔓越莓，外表看似新鮮的血液，實際上就是綜合莓果果汁而已。「神殿裡，不少神職人員有跟吸血鬼打交道的經驗吧。」

他要找的就是這幾個背骨仔，這些人很有可能不只跟一個吸血鬼合作。

「確實是有不少，據說有的神殿高層跟吸血鬼很熟，少爺如果有興趣，我可以派人打聽打聽。」

「……」伊凡希望那個高層不是指某聖騎士。

「機會難得，少爺要不要來王城旅遊幾日？因晉升儀式的日子將近，有許多國外貴賓已經先一步抵達王城，這幾日城鎮正熱鬧，只要是少爺有想參加的活動，我都可以替您安排。」

「不用了，我沒什麼興趣。」

他不像另外兩位鄰居，不論是貴族的社交晚宴或是平民間的飲酒狂歡他都沒興趣。

路齊早聽聞過艾路狄家的大公子是位性格較為文靜的吸血鬼，於是轉而提起另一個伊凡可能會感興趣的話題。

「少爺聽過貓頭鷹書店嗎？」

「那是什麼？」

「是王城的小眾獨立書店。這家店販有許多世面上罕見的書籍。像是不被世俗所接受的小眾書籍、個人獨立出版、曾被打壓的禁書都有可能在那裡找到，那裡是許多閱讀愛好者的聖地。」

「有這種地方？」伊凡的胃口瞬間被吊起來了。

原作《吸血鬼帝王》並沒有提過這家書店，可能是因為劇情不需要，再加上主角尤里西斯對閱讀沒有特別嗜好。

「是的，那家店因為販售的書籍內容敏感，所以來買書的客人大多都會戴面具遮住自己的臉，並以植物作為匿名進行交流。」

「你好像挺了解的？」

「嗯，雖然只是識字而已，但我也喜歡看書，只不過讓我看那些經典文學，我會看到睡著，哈哈。」路齊大方承認，這件事在吸血鬼面前沒什麼好瞞的。「我喜歡看小說，還有描述國外奇聞的旅遊傳記。我還記得第一次踏進貓頭鷹書店時，我看到一本自傳，作者踏上死亡沙漠，尋找傳說中的香料，那個傳記內容真是太精采了，儘管當時書對我來說是昂貴的奢侈品，我還是咬牙買下來了，這本書也啟發我成為一個商人。」

「聽起來很有趣，」伊凡津津有味地聽著，他也很喜歡閱讀。「居然有人主動踏入死亡沙漠？那裡距離奧斯曼王國可說是相當遙遠，而且當地居民也沒有人信仰太陽神，他們供奉的是水神。」

「是的，少爺真是博學多聞，我都不知道他們信仰水神呢。」商團老闆像是找到了知音，眼神閃爍著光芒。

伊凡笑而不語，他對那個貓頭鷹書店越發感興趣了。

書是知識的寶庫，亦是記載人類思想的結晶。奧斯曼王國的社會風氣偏傳統及保守，所以擺在大書店的書大多都是篩選過的，像這種描述異教徒信仰的書對神殿而言屬於禁書，並不會出現在圖書館與一般書店裡。

「作者在死亡沙漠旅行時，遇到當地的游牧民族，據說那個民族擁有精悍的體格，且各個都是俊男美女，他們看到落難的作者，大方地分享自己的水與食物，還邀他一起吃晚餐。」路齊講述他在書中最喜歡的段落，「本以為遇到好心人，哪知這是個陷阱，作者喝個爛醉以後，這個游牧民族突然露出真面目，一把將他關押到牢房，說要把他當成儲備糧食！作者嚇都嚇死了，最後趁著白天游牧民族睡著時，挖洞逃了出去，家當也不要了。」

「真是太可怕了，沙漠居然有食人族，唉……我可不敢去……嗯？少爺，您為什麼笑得這麼燦爛？」

「沒什麼，只是覺得很好笑。」伊凡摀著嘴，笑到肩膀都在顫抖。

不只是他，就連一旁隨侍的僕從們也嘴角上揚或是忍著笑，這讓路齊一頭霧水。

「路齊先生，我對那個貓頭鷹書店很感興趣，」伊凡一口飲盡蔓越莓汁，舔了舔唇。「雖然我沒辦法幫您再把曼德拉草獨家販售權要回來，不過我可以介紹一個有販售沙漠香料的商人給你。」

「真的嗎！」路齊激動到站起來。國內的香料貿易目前都已被大商團壟斷，像他這種小商團根本沒機會分一杯羹。

「是的，只要你把事情辦好，成果令我滿意。」

路齊笑得合不攏嘴，原先他還因為曼德拉草的事十分沮喪，現在完全不介意了，能接觸到香料生意，就算要他認伊凡為祖宗也沒問題。

「沒問題，少爺，我會發揮百分之一百二十的能力讓您滿意！」

＊

心動不如行動，當天下午，伊凡便搭上路齊的馬車進入王城。卡托拉商團老闆熱情地將他介紹給員工，並宣稱伊凡是他的接班人，他迅速幫伊凡安排好身分證件，並且命人將伊凡喬裝打扮一番，入境隨俗。

在僕從的協助下，伊凡簡單換了裝，將白髮隨意地束在耳後，露出閃閃發光的迷你版光之劍耳墜，他的衣著質地良好，但樣式簡單樸素，看起來是個有點小錢的中產階級。

用過晚餐後，路齊便帶著伊凡來到一條商店街，熟門熟路地走進暗巷。

「從這個樓梯走下去就是了，貓頭鷹書店的營業時間是晚上九點到凌晨五點，很符合吸血鬼的作息。」路齊將一個銀白面具交給他。「我今晚會留在辦公室加班，少爺如有需要，請隨時來找我。」

伊凡點點頭，他戴上面具，步履輕盈地走下階梯。

貓頭鷹書店的位置十分隱密，要先走到暗巷，再從一棟不起眼的建築物後門走到地下室。直到階梯末端，伊凡才在陳舊的木門上看見書店招牌。

當他推開門時，一股令人心曠神怡的木質香氣竄入鼻腔。

這家書店空間不大，裝潢也頗為老舊，但裡面的書籍擺放得井然有序，角落一塵不染，看得出來有在細心打理。

幾盞燃燒著魔法火焰的提燈固定在角落，為昏暗的書店帶來幾絲光芒，幾名客人提著跟店主借來的煤油燈，窩在角落專心地看書。這些客人大多穿著厚重的斗篷，臉上戴著面具，但也有幾位客人不屑遮住容顏，大方地在書店裡看起不可描述的書籍。

是的，不可描述。

這間書店裡有一整排不可描述的書籍，為何伊凡知道？因為這些書名一個比一個還露骨，小黃書的所在處也是聚集了最多客人的地方，似乎是掩藏身分帶來了安心感，幾名常客聚在一起相談甚歡。

「百合小姐的文學造詣真好，我都不知道原來男主角在這裡就隱諱地表達愛意了。」

「是呀，聽完您的解說後，這段劇情真的越看越甜。」

在這群女性常客中，一名女子明顯是這群人的中心，她披著灰白色斗篷，戴著哭臉面具，奶白色長髮紮著百合髮飾，手指如白玉般纖細。

「主角的感情線描寫得相當細膩，我看了不下十遍。」百合小姐的聲音也婉轉悅耳，雖然聽得出來有刻意壓低嗓子，但擋不住那與生俱來的高雅氣質。「就連情欲的流動也寫得很好呢！」

聽見這段驚人的發言，伊凡忍不住無言。

「尤其是第一場■■，還有馬車上的●●●●，我都擔心主角事後需不需要就醫，畢竟這樣做括約肌可能會有撕裂傷，可見老公花樣太多也是種煩惱呢。」名為百合的女性托著腮幫子，語氣既煩惱又甜蜜。

「這是小說，不是現實啊，肯定沒問題的吧？」

「那一段●●●●真的太香辣刺激了！」

伊凡感覺那個角落有某種自己無法接近的氣場，於是默默走到另一排，令他驚訝的是，這裡有很多外文書籍、描述不同宗教與文化的書籍，還有非官方撰寫的史書，他隨手拿了一本非官方史書來看，裡面有好多歷史事件與他讀過的官方歷史不同，伊凡讀得津津有味，回過神來已接近打烊時間。

他趕在打烊前草草選了幾本書結帳，意猶未盡地走出書店。當他準備離開這裡時，眼角餘光見到一名熟悉的身影。

只見百合小姐倚著牆角，抱膝坐在地板上，她看起來不像睡著了，也沒有要看書的意思。

「妳還好嗎？」伊凡隱約聞到一絲熟悉的味道，直覺這個人的狀況不太對，遂而上前關心。

「我還好，只是有些不舒服，謝謝你。」百合的聲音聽來有些虛弱無力。

「哪裡不舒服？」

百合愣了一下，似乎沒想到伊凡會這麼問，但還是小聲回答：「就是……肚子……呃——」

「經痛嗎？」伊凡蹲下來，毫不害臊地講出這個詞，可看到百合泛紅的耳根，他才意識到這個世界的民風還沒有開放到可以跟異性討論這件事。他咳了好幾聲，跟著壓低嗓音：「如果妳需要，我可以調配一些止痛藥給妳。我爸爸是醫生，他有開過針對經痛的止痛藥配方。」

「我從小在這裡長大，從未聽說過這麼厲害的醫生。」

「因為王城不值得擁有像我爸爸這麼優秀的醫生。」

聽到這般驕傲的回應，原先萬分戒備的百合不禁莞爾。

伊凡想了想，蹲下來與她平視。

「雖然我沒有子宮，但我知道妳們經痛起來很不好受吧？」這是伊凡根據上輩子的經驗得出來的結論。

他的病房離婦產科不遠，常常可以看到為經痛所苦的女性來求診。那些女性臉色慘白的樣子老是讓他覺得是不是下一秒就要昏過去了。

「如果妳每個月都會痛到像這樣走路有困難，強烈建議妳要盡早就醫，改善體質。」

這番話讓百合目瞪口呆，她低頭沉默了許久，最終緩緩點頭。「那就拜託你了。」

「還走得動嗎？」伊凡將她從地上攙扶起來。

「還可以……」

說是這麼說，但看到百合彎腰按著肚子的模樣，伊凡覺得應該是不行。

「我揹妳吧。」說完，伊凡不給她拒絕的時間，直接在她面前蹲下來，對她露出寬敞的後背。

百合猶豫了一下，最後還是乖乖上前勾住他的脖頸。

她的動作很僵硬，碰觸到伊凡的手也有點冰冷，伊凡一邊心想這人應該是手腳易冰冷的體質，一邊站了起來。

「妳家住在這附近嗎？」伊凡揹著她走上樓梯，他打算先把人帶去卡托拉商團的辦公室，那裡不僅有會客室，還存有多種藥草。

「我住在員工宿舍，路程大約二十分鐘，不過我今天休假，可以晚點回去。」

「妳是做什麼的？」伊凡好奇地問，他還以為這位小姐是貴族出身的閨秀。

「神職人員。」

聽到這個回答，伊凡腳底一滑。

「很不像，是吧？」百合輕輕笑了幾聲。「大部分的神職人員都被要求過著清心寡欲的生活，尤其是女性神職人員，所以看書算是我為數不多的娛樂了。」

聞言，伊凡感到心有戚戚焉。在他還是江一帆時，能選擇的娛樂也不多。雖然他也喜歡看書，但偶爾還是會覺得頗為落寞。

「有空可以去森林散步，最近正好是向日葵盛開的時節，森林有一塊向日葵花田祕境，妳如果有興趣，我可以偷偷透露給妳。」

「森林不是吸血鬼的地盤嗎？」

「沒錯，所以在奧斯曼森林裡，妳只能看，不能帶走及破壞任何東西。只要遵守規矩，吸血鬼就不會找妳麻煩，他們很忙，沒空理會每個路人。」

百合回以清脆如鈴的笑聲，她看起來很開心。

「謝謝你，艾路狄先生。」

「不會……嗯？」

伊凡瞳孔一震，不敢置信地扭頭回望。「妳剛剛說什麼？」

他的面具不是戴得好好的嗎？剛才也沒透露任何資訊，這個人是怎麼看出來的？神職人員都這麼敏銳的嗎？

伊凡腦中一片驚滔駭浪，在他錯愕的注視下，百合不疾不徐地開口：「剛剛你不是說王城不值得擁有像你爸爸這麼優秀的醫生嗎？」

「是沒錯，但——」

「精通止痛藥配方的醫生，雖然我沒有遇過，但我知道有個人精通止痛藥配方。」百合平靜地解釋。「我從小待在神殿，每當我痛到想吐時，神殿的女官都會讓我服用加入曼德拉草粉末的特效藥。每次吃了特效藥，疼痛都會奇蹟似的消失。」

伊凡愣了愣，將滾到嘴邊的話又吞了回去。

「有知情人士曾跟我透露，曼德拉草其實是二王子給的，我吃的那款特效藥配方也是二王子特地為女性研發的。傳說二王子是精通各方領域的天才，尤其擅長醫學、藥草、煉金領域，上知天文，下知地理，被譽為行走的圖書館。」

這些傳言伊凡也聽過，他的爸爸萊特曾因過人的聰明才智被封為王儲，他曾經平息諸侯領地的霍亂、向極東之地的大夫討教東方醫學。

普通的天才領先他人好幾步，可天才中的天才卻領先整個時代，二王子的某些研究在社會看來是離經叛道的，所幸後來吸血鬼女王成為二王子可靠的後盾，提供了許多經費與資源，也因此催生出百合口中的特效藥。

「雖然現在艾路狄家不再賣曼德拉草給神殿了，但我還是很感謝他，他拯救了很多人。要是當年神殿願意支持他培育曼德拉草，也許現在曼德拉草能更加普及……這個王城確實不值得擁有像這他般優秀的醫生。」

說完後，百合咳了幾聲，有點羞窘地小聲坦承：「再加上你也不忌諱提到那……那個，感覺是真心關心我的身體狀況。」

「所以你們……其實都知道……」伊凡低聲喃喃說道，「你們都還記得我爸爸，也知曉他的付出。」

他還以為自家父親早已被民眾遺忘，原來不是這樣。

「是的，雖然這在神殿是禁止討論的事，所以知道的人不多。」百合愧疚地垂下眼簾。

「但至少有人知道。」雖然伊凡覺得神殿像在竊取他爸爸的成果一樣，令人不齒，但至少不是所有人都這樣。「這樣就夠了。」

「你果然就如尤里說的一樣，是個溫和善良的紳士呢。」

「尤里？」

聽到這親暱的稱呼，伊凡感到有些訝異，尤里西斯在神殿位高權重，能這樣稱呼他的人不多。

正好這時他們抵達卡托拉商團的辦公室了，伊凡直接把人揹進會客室，並命人準備幾種藥草與搗藥器具。

百合從他身上下來，站到他面前，仰頭注視著吸血鬼的眼睛。

「這件事我只告訴你，好心的吸血鬼先生。」少女緩緩摘下面具，對他露出嫣然的笑容。

在伊凡錯愕的注視下，百合一手放在胸口，一手挽起裙子，優雅地向他行禮。

「初次見面，我叫艾蕾妮，目前在神殿擔任聖女一職。」

Chapter.2 吸血鬼與聖女

聖女艾蕾妮，《吸血鬼帝王》的主角尤里西斯的後宮之一。

與宛若盛放玫瑰般奪目迷人的公主殿下不同，艾蕾妮是個清麗脫俗，有著空靈氣質的美少女，其性格溫柔婉約，是尤里西斯的心靈慰藉，總是待在神殿默默等候尤里西斯歸來。由於神殿嚴格規範聖女必須與異性保持距離，所以艾蕾妮一直給人一種清心寡欲的印象，也就是這種禁欲感讓讀者十分期待她跟尤里西斯的感情線。

作為後宮之一，她的戲份跟人氣都與公主殿下平分秋色，是故事的大女主之一，在其他女角對尤里西斯大獻殷勤時，只有艾蕾妮始終跟男主角保持距離，連牽個小手也會臉紅，是原著裡的純情擔當。

如今這個形象在伊凡心中崩塌了。

禁欲聖女艾蕾妮，興趣是看小黃書。

伊凡：「……」

直到此刻，伊凡終於開始懷疑自己對這個世界的認知有偏差。

不論如何，人家都表現出誠意了，為了建立良好的交流，自己也該拿出誠意。於是伊凡拿下面具，露出本來的面目。

若不是實際遇到，他難以想像自己一個吸血鬼會在這裡與聖女和平交流。

「堂堂聖女，怎麼會出現在這裡？」他記得聖女的生活規律嚴謹，從吃的東西到穿的衣服都被嚴格規範，是被關在溫室裡精心培育的花朵。

「聖女必須是純潔無瑕的，但經期中的女性被神殿視為不純潔、汙穢的存在，所以在月事來潮期間，聖女必須待在禁閉室禁閉，吃穿用度都會由隨侍女官送來。」艾蕾妮的語氣帶著一絲俏皮：「只能待在禁閉室祈禱也太無聊了，是吧？」

換句話說，只要買通隨侍女官，出門就不是難事。

這個刻板印象讓伊凡覺得有些好笑，社會大眾一方面認為聖女是純潔無瑕的存在，一方面又覺得人家有月經是不純潔的，這不是自相矛盾了嗎？想想都覺得荒唐。

伊凡點點頭，那種自由受到限制的感受他太清楚了。

此時門外響起敲門聲，伊凡將門推開一個小縫，接過卡托拉商團準備好的藥草與搗藥器具，吩咐一句別讓任何人來打擾後，便重新關上門。

此刻他就是卡托拉商團的接班人，他的話等同於老闆的話，沒人敢不服從。

「雖然妳已經知道我是誰了，但還是容我介紹一下，」伊凡解除擬人魔法，他的眼瞳逐漸轉為漂亮的寶石紅，牙齒也跟著銳利起來。「我是艾路狄家的代理領主，伊凡．艾路狄。」

縱使眼前這個艾蕾妮跟他想像的不太一樣，但那溫柔而平靜的眼神，不亢不卑的態度，都跟書中描述的一樣。

「敢在吸血鬼面前自報家門，妳也是挺有勇氣的。」

「因為是您，我才敢這麼做。」

伊凡微微一笑，他抓起幾撮藥材，揉碎丟進木碗裡，拿起小木棒搗起藥來，他的動作熟練，製藥的速度不輸職業煉金術師，在製藥期間，艾蕾妮也坐在他對面，津津有味地打量著吸血鬼製藥。

「既然妳身體這麼不舒服，今天就不應該出門的。硬是忍著不舒服出門，反而會讓妳身陷險境。」

「嗯，我也是這麼想的，但我跟人約好今天要在貓頭鷹書店見面，所以一定得來。」

「同好聚會有這麼重要？」伊凡想到艾蕾妮與其他書店常客相談甚歡的場景，不太能理解。

「不是的，那些也是我的朋友，但是碰巧遇到而已。」艾蕾妮的眼睛微瞇，她抱著膝蓋坐在沙發上，看起來頗為自在。「我在等我最好的朋友，她叫向日葵，我們是在貓頭鷹書店認識的。本來約好今晚要見面的，但很可惜，這次她也忙到無法抽空過來。」

「妳確定妳們是好朋友？不會是一廂情願吧？」伊凡神色詭異地瞄了她一眼。

「若真的是一廂情願也沒關係，」艾蕾妮唇角微勾，她的臉上泛著光彩，眼神漾著某種溫柔的情感。「至少在我們交流期間，我所感受到的喜悅與幸福都是無可比擬的，我敢肯定她也擁有同樣的感覺，這樣就夠了。」

伊凡不太理解，但他看得出來艾蕾妮很珍惜這位朋友。

他將數種藥粉混在一起，倒入煮好的熱水，遞給艾蕾妮。

「我跟向日葵是在三年前認識的，當時書店進了一本稀有書籍，我搶先一步買下，結果被向日葵擋住去路。」艾蕾妮凝視著杯中的倒影。「向日葵要跟我高價收購，被我拒絕了。那時向日葵還讓隨從堵住我的去路，他們威嚇我，不想吃到苦頭就把書交出來。」

「這個人的性格也太差了吧？完全就是被寵壞的大小姐啊？」

「但那兩個隨從實力都不怎麼樣，我一不小心就用聖光把他們打飛了，可向日葵卻趁著這個機會將我絆倒，奪走那本書，那是我生平第一次生氣……也是我第一次跟人打架。」明明是這般險惡的回憶，艾蕾妮卻笑得很開心。

伊凡則是露出懷疑人生的表情。

聖女在書店看小黃書，還在巷弄裡跟其他人打架……他是不是穿越到平行世界了，還是之前看的小說根本是假的？

「在那之後我們便成為好朋友固定通信往來。但這三年裡，我們只見過幾次面，都是約在書店相見。我們很聊得來，雖然不曾分享過自己的事，但我們會分享很多書給對方，每一次都聊到廢寢忘食。」

伊凡開始懷疑神殿的人認識新朋友的過程都是先跟對方打一架再說，尤里西斯當初也是這樣，不打不相識。

伊凡打量著聖女小口啜飲著湯藥的模樣，腦海中忽然浮現另一人的身影。

他好像也有這樣的朋友，每次相處時都能感受到喜悅，而他也很清楚對方也有同樣的感覺，雖然對方的某些行為令人困擾，但若無法見面，會讓他感到失落。

「如果我的好朋友無故爽約，我會跑去質問他為何不來，然後逼他道歉。」

「即使他不是故意失約？」

「對，因為沒有人可以放吸血鬼鴿子。」伊凡點點頭，已經開始想像自己指著尤里西斯的鼻子追究到底的樣子了。「如果他不跟我道歉，那以後也別想吸血了。」

平時吸他的血多委屈啊，那個人皮粗肉厚的，既難咬又不好吸，明明他自己也知道，卻還三不五時逼人吸血，這不是欺負人嗎?總得抓點小事逼他道歉，伊凡心裡才會平衡。

想到尤里西斯軟言軟語地跟他道歉，還有費盡心思哄他開心的樣子，伊凡忍不住嘴角上揚。

*

尤里西斯打了個噴嚏，他抽出手帕，故作優雅地擦了下鼻子。

見他這副裝模作樣的樣子，他的副騎士長丹尼斯對他投以詭異的目光。

尤里西斯視若無睹，他一聲喝令，率領著聖騎士團離開晉升儀式現場，準備等等即將進行的遊街出巡活動。

「不敢置信，剛才那位就是阿德曼．薩托奇斯嗎？他怎麼來的？怎麼敢來啊？」丹尼斯走在尤里西斯身後一路碎念。

那目中無人的語氣和沙漠居民特有的膚色，跟尤里西斯敘述的如出一轍，可就算如此，他們也不能怎樣。民間鮮少有人知道吸血鬼三公子的長相，就算他指著阿德曼的鼻子說他是吸血鬼，人們也不會相信他。

「就是他。」尤里斬釘截鐵地給出答案，對此他也很頭痛，若阿德曼都能出現在陽光下，還有什麼能證明他是吸血鬼呢？

陽光是吸血鬼的弱點，這只是大眾的既定印象。適者生存這個法則不僅適用於人類，也適用於吸血鬼。

「他們不是世上唯一的吸血鬼。自古以來，世界各地都流傳著吸血鬼的傳說。在遙遠又艷陽高照的死亡沙漠裡，也住著一群吸血鬼。他們適應了嚴酷的生活環境，晝伏夜出，四處游牧打劫，連綠洲之國穆赫辛也對他們抱持三分畏懼。」

尤里西斯回憶起曾在書中看過的內容。

「曾有一位孤單的吸血鬼總督愛上這個游牧民族的族長之女，為了得到佳人的芳心，他偷走穆赫辛寶庫的聖物，引起全國恐慌。那個聖物是一套首飾，每一件飾品上都附有強大的魔法，傳說戴上整套首飾之人，能毫髮無傷地擁抱太陽、在如地獄般炙熱的死亡沙漠中奔馳。」

「所以呢？這跟阿德曼有什麼關係？」

「阿德曼的母親是那位總督和族長之女的後代，格里芬・薩托奇斯在逃亡到穆赫辛後，與阿德曼的母親相識，並結為連理，其中一件首飾就是阿德曼母親的嫁妝。」

這是賈克森跟他說的，在尤里西斯剛當上聖騎士時，賈克森就告誡他要小心阿德曼，這個小子擁有得天獨厚的血脈和家傳聖物，是不容小覷的存在。

「呵呵，不愧是聖騎士長，了解得可真多。」此時，一個悅耳的嗓音從兩人身後幽幽傳來。

尤里西斯轉過身，一手放在胸前，頷首致意。「公主殿下。」

「公主殿下！」丹尼斯慌亂地學尤里西斯的動作，眼前這位就是國王巴澤爾的獨生女——席夢娜。

不得不說，不愧是王國名花，那茂密的紅髮在陽光下散發燃燒般的光芒，褐色的眼眸流露著自信的光采，席夢娜就像一朵怒放的帶刺玫瑰，讓人不禁為她著迷又怕被她刺傷。

「討厭啦，尤里~我不是說過，叫我席夢娜就好嗎？」席夢娜掐著高八度的嗲音走過來，故作親暱地摟住尤里西斯的手臂。

尤里西斯渾身泛起雞皮疙瘩，他輕輕拉開席夢娜，以毫無感情的嗓音說道：「公主殿下，這裡是神殿，請注意形象。」

「誰叫我家尤里今天這麼帥，剛才在晉升儀式宣示的模樣迷死我了。」公主順勢往後幾步，笑呵呵地摀住嘴巴。

尤里西斯注意到席夢娜自己也泛起雞皮疙瘩，他內心一陣冷笑，順著她的話回應：

「能贏得公主殿下的芳心，尤里備感殊榮。期待改天再與公主殿下共舞一曲。」

席夢娜嘴角一個抽動，似乎是想到成年舞會上，尤里西斯踩了她三腳，還差點將她甩出去的滑稽場景。

但下一秒，她露出毫無破綻的笑容，捧著臉嗲聲回擊：「真的嗎？那說好了喔，有機會一定要來當我的舞伴。」

兩人的目光間隱隱竄著火花，顯然都認為自己的演技略勝一籌。

丹尼斯左顧右盼，最後決定當個隱形人。這兩人從小就不對盤，每一次見面都帶著火藥味，他都看累了。

他還記得以前曾有一位祭司講述騎士屠龍救公主的故事，那祭司講完後，特別問尤里西斯要是公主被綁走了該怎麼辦，尤里西斯一臉淡定地回：「那很好啊」、「確定不是公主跟龍自導自演嗎？」

這個人巴不得公主被龍抓走呢，這樣他就有免費的怪物材料可以撿了。

「人家是不太懂吸血鬼的危險性啦，不過那個吸血鬼也沒做犯法的事不是嗎？說不定人家是個老實的生意人呢，比某些喜歡鑽漏洞逃稅的公民好多了。」

這話裡的諷刺意味再明顯不過，尤里西斯也見怪不怪了。他知道很多貴族跟商人私下跟吸血鬼都有生意往來。對他們而言，吸血鬼不是可怕的怪物，而是搖錢樹，沒人會跟搖錢樹過不去。

「看樣子比起殺人犯，公主殿下更在意逃漏稅。」尤里西斯別開目光，一副懶得跟她爭論的樣子。

「誰叫我國有個規模如此宏大的慈善機構呢，每年帳目都對不上，我們王族很頭疼呢。」公主默默握起拳頭，笑容逐漸僵硬。

眼見氣氛越來越險惡，丹尼斯回頭對聖騎士弟兄們使了個眼色，吃瓜看戲的聖騎士們立即會意過來，悻悻然地回去準備下一場活動。

「說到底，不也是你把吸血鬼放進來的嗎？上次那隻龍也是，你們不是在邊境有據點嗎？怎麼就這樣讓一條龍闖入國境了？」

「這您應該去問該邊境的封地貴族，吸血鬼也不是我放進來的。不要把所有怪物的問題都丟給我們神殿。」

「咳咳，那個……」丹尼斯一個頭兩個大，眼角餘光忽然看到一個身影，急忙高聲喊道：「哎呀，這不是那個誰家的少爺嗎？怎麼也來了！」

尤里西斯皺著眉頭看過去，一看到來人，眼睛都亮了。

只見他的吸血鬼正躲在長廊角落與一名神職人員相談甚歡，那英俊的側臉唇角微勾，宛若灑落在雪地上的一絲陽光，令人挪不開眼。

令尤里西斯意外的是，與吸血鬼交談的人竟是向來與異性保持距離的聖女艾蕾妮，只見艾蕾妮抱著一盆曼德拉草，那燦爛的笑容看得尤里西斯心裡鬱悶。

不就是個曼德拉草盆栽而已，有什麼好高興的？

「這傢伙長得很快，且對婦科有特別療效，它的葉子可以促進血液循環，根部可以磨成粉末當止痛藥服用。一天澆一次水，讓它曬半天的太陽就可以長得很好。」

「謝謝路德先生，我會好好珍惜的。」

「哪裡，能幫上聖女大人的忙，我也感到很榮幸。」

兩人聲音不大，但那個對視的眼神好像有什麼小祕密一樣，看得尤里西斯眉頭越皺越深。

「喲，那不是聖女大人嗎？難得看到她跟異性說話。」席夢娜挑起眉頭，陰陽怪氣地嘟囔，「我還以為聖女大人會跟所有異性保持距離呢，原來也有例外啊。」

「不要吵。」聽她說話如此難聽，尤里西斯也不再客氣了。

他拋下瞪大眼睛的席夢娜，主動朝兩人走去。

「嗯？」

伊凡聽到尤里西斯的腳步聲，頓時轉過頭來，兩人對上目光時，吸血鬼的眼睛亮了。

見到他的反應，尤里西斯原先那股鬱悶消散不少。

「聖女大人。」他選擇先跟艾蕾妮打招呼，這樣才好試探兩人的關係，「這位是？」

「這位是路德先生，是卡托拉商團的小老闆。」艾蕾妮回以溫柔的笑容，神色沒有半點心

虛。「卡托拉商團是神殿的藥草供應商，他們的藥草品質都很好。」

「是的，我們的藥草品質是全王國最好的。」伊凡說完，故作輕佻地上下打量著尤里：「我們的聖騎士長打扮得可真好看啊，這身服裝很適合你。」

儘管是真心誇讚，但對一個神殿高層這樣說話實屬輕佻無禮，不過尤里西斯並不介意。

「是嗎？那就好。」他表面淡定，內心瘋狂開小花。

艾蕾妮嘴唇微張，目光在兩人身上瘋狂打轉，如此直白的目光讓尤里西斯頓時心虛起來。

他咳一聲，正打算轉移話題時，公主殿下猛然湊了過來。

「聖女大人，這位是哪裡來的貴客呀？竟能得到單獨跟您談話的殊榮。」

「公主殿下不知道嗎？若沒人跟您說，我自然也不好開口。」

「哎呀，您剛才對尤里可不是這樣講的，原來聖女大人也會差別待遇呢。」

看著艾蕾妮逐漸下垂的嘴角，席夢娜滿意地瞇起眼，笑得像個惡作劇得逞的孩子。

伊凡在一旁吃瓜看戲，在《吸血鬼帝王》裡，公主跟聖女是鬥嘴冤家，靦腆的艾蕾妮遇上席夢娜會瞬間從傳教士變成辯論家，席夢娜也會從玫瑰變成仙人掌，恨不得把身上的刺都扎到艾蕾妮身上。

明明關係如此糟糕，但在艾蕾妮出事後，席夢娜卻是哭得最慘的那個。

「咦……」伊凡忽然想到什麼，在他正要釐清思緒時，兩位少女朝他看過來。

「你是路德先生對吧？久仰大名，我是席夢娜。」席夢娜笑盈盈地伸出手。

「公主殿下與我同齡，是神殿的大信徒之一。」艾蕾妮光明正大地為伊凡補充資訊。

伊凡握住對方的手，他能嗅到一絲警戒的氣息，是席夢娜身上傳來的。

她應該知道自己是個吸血鬼吧？那是否也意味著，她也知道眼前這個人是她堂哥呢？

伊凡覺得很有趣，原作的伊凡跟席夢娜從未打過照面，這是他無法預知的劇情。

「參見王國之花，能在今日遇見公主殿下是我的榮幸。」

依照奧斯曼的禮數，他該順勢牽起公主的手，進行吻手禮。但才剛說完這句話，尤里西斯便按住他的肩膀。

「路德先生，剛才那位在晉升儀式上出言不遜的是你朋友對吧？他還在現場嗎？」

面對聖騎士長的質問，伊凡頓時鬆開手，轉頭看向他。

「早就回家了，」伊凡挑了個眉，開玩笑地回應：「因為他很清楚有人會找他算帳。」

「那只能請你來我辦公室一趟了。」

「你確定有這個時間嗎，聖騎士長？你等等不是還要出巡嗎？」

「只要你有時間，我就有時間。」

這般認真的回應讓伊凡一時語塞。

一旁的席夢娜忍住翻白眼的衝動，艾蕾妮帶著過於燦爛的笑容幫腔：「路德先生，聖騎士長不會耽誤您太久的。」

「既然聖女大人都這麼說了，那好吧。」伊凡趕緊順著臺階下，他其實也是想單獨跟尤里西斯說說話的。「聖騎士長，別耽誤我太多時間，我很忙的。」

吸血鬼朝公主與聖女眨了個眼，語氣帶點傲慢地表示：「那就先告辭了，有機會再見。」

席夢娜挑起一邊眉頭，隨後跟艾蕾妮一起揮手道別。

這一派鎮定的模樣讓伊凡確定了這個人知道自己的身分。

不曉得她是怎麼想的，有一個吸血鬼親戚應該挺可怕的吧？但她可是天不怕地不怕的席夢娜，說不定反倒覺得有趣。

才沒走幾步，身後便傳來兩位少女的聲音，席夢娜質疑艾蕾妮沒能力照顧好曼德拉草，任性地要求艾蕾妮把曼德拉草交給王室保管，理所當然被拒絕了。

伊凡看了身旁的騎士一眼，他還以為公主與聖女會為了尤里西斯展開一場爭風吃醋的戲碼呢，可這兩人看起來一點也不在乎尤里西斯啊？難道是因為他改了劇情嗎？他該不會斷了尤里西斯的桃花吧？

仔細想想，自從成為他的血奴以後，尤里西斯每天不是去神殿值班就是來他的領地兼差，連睡覺時間都快不夠了，根本沒時間觸發其他女孩子的好感度事件。

《吸血鬼帝王》裡的尤里西斯一心只想復仇，從沒想過跟誰談場戀愛。可這個尤里西斯呢？擁有平凡人生的尤里西斯，會想談一場戀愛嗎？

面對尤里西斯，伊凡總是想知道一些無聊的細節。例如這個人喜歡吃什麼？他有什麼夢想？他喜歡花草茶嗎？他是怎麼看待那盆愛尖叫的曼德拉草的？是會露出苦惱的表情，還是忍不住被逗笑？

「尤里。」

聽到他的呼喚，聖騎士立即停下腳步，回頭看向他。

這副聽話的模樣就像一隻等待主人命令的大狗狗，讓伊凡很想摸他的頭。

「你對談戀愛有興趣嗎？」

他的聲音輕飄飄的，宛若一朵棉花糖，帶著一絲甜甜的香氣，在尤里西斯的心尖上融化。

「怎麼愣住了？」伊凡疑惑地在他面前揮了揮手。

尤里西斯什麼也沒說，只是僵硬地轉過身子，繼續走自己的。

這副反常的模樣反倒讓伊凡愣住了，他急忙跟上去，開始思索自己是不是踩到人家的雷了。

難道他們之間的交情還不足以談這個話題？還是說這個問題本身就很失禮，就好像問一個找不到對象的人「你怎麼不找個對象啊？」一樣殘酷。

伊凡越想越有道理，尤里西斯每次值班結束都急著跑過來給他餵血，哪來的時間跟別人談戀愛啊？

伊凡跟隨尤里西斯的腳步踏進辦公室，他正想開口給尤里西斯多放幾天假，卻猝不及防地落入一個溫暖的懷抱中。

「怎、怎麼？」他一反剛才在外面的囂張態度，聲音帶著幾分緊張。

尤里西斯一語不發地埋在他的頸窩。他溫暖的吐息落在吸血鬼的脖頸上，帶起陣陣漣漪。

「我很有興趣。」

「嗯？」

「我很想談，但不知自己有沒有那個機會。」

聽見他略帶顫抖的嗓音，伊凡這才反應過來。

伊凡覺得很好笑，抱得這麼緊，若他不是榨乾尤里西斯的慣老闆，都以為尤里西斯是想跟他談戀愛了。

「想談就早說，以後會讓你多放點假。」伊凡輕輕撫著他的後背。

他感覺尤里西斯又僵住了，真是傷腦筋，他又說錯什麼了嗎？

尤里西斯微微與他拉開距離，表情相當複雜。

「你呢？你對談戀愛感興趣嗎？」

「說不感興趣肯定是假的，但是我也沒有期許它一定要發生。戀愛跟血液不一樣，它不是必需品。」伊凡老實說出自己的看法，上輩子他一心跟病魔糾纏，重生為吸血鬼後也是全心放在艾路狄家上。「況且對吸血鬼而言，心臟為某人跳動是一件很神奇的事。」

尤里西斯忍不住笑了。

「若哪天你的心臟為誰跳動了，你會愛上這種感覺的。」

為什麼會這麼說？你的心臟曾為誰跳動過嗎？

伊凡望著那對映著自己身影的眼眸，嘴角漸漸垂下來。

他對戀愛的話題感到膩了，轉而觀察起自家血奴的新辦公室。

「這就是你的新辦公室嗎？」

這間辦公室配備齊全，隔壁有小房間可以小憩或儲物，書桌前也有沙發與茶几待客。這裡之前都是賈克森在使用，如今賈克森失蹤，雖然可以把他的私人物品搬走，可尤里西斯還是盡可能保持原狀，辦公室的樣貌幾乎跟以前沒兩樣，頂多多了幾盆花草。

「這不是我上次送給你們的大禮嗎？」伊凡驚喜地打量著角落的大花盆，只見曼德拉草正窩在磚色的田園盆栽裡，隨風輕輕甩動頭頂的綠葉，看起來很開心。「你還留著？」

尤里西斯有種被抓包的心虛感，「畢竟是珍貴的藥草，就這麼處理掉太浪費了。」

「明智的做法，曼德拉草光是葉子就有許多功效，想要根的話，定期拔出來砍掉它的腳就行了，它會再長的。」

曼德拉草的葉子瑟瑟發抖。

雖然聖騎士長需處理的文書工作不多，但伊凡還是打算之後送一些藥草茶包給尤里西斯，放在辦公室備著，再備一些點心也不錯，反正他可以用擅長的冰魔法幫尤里西斯冰起來。

「這種曼德拉草的葉子有鎮靜效果，搭配玫瑰花或迷迭香等藥草一起沖泡可以降低壓力、放鬆心神，只要每三天澆一次水就可以了。」

吸血鬼站在陽光灑落的窗邊，輕撫著曼德拉草葉，那柔和的眉眼、被陽光晒得透著銀白光芒的髮絲，看得尤里西斯傾心不已，他像受到蠱惑一般，緩步接近吸血鬼。

「餓了嗎？要不要吃點東西？」

暗啞的嗓音如羽毛一般輕輕掃過，弄得伊凡渾身發癢。

他的注意力從曼德拉草挪到自家血奴身上。

「不用了，等等不是還要遊街出巡嗎？快去忙吧。」

「距離出巡還有點時間，不急。」尤里西斯一手放在窗邊，「你這星期有好好吃飯嗎？」

「算有吧。」伊凡含糊其辭，他悄悄挪動腳步，卻發現左側被大盆栽擋著，右側被尤里西斯的手臂擋住，沒有溜走的空間。

他欲言又止，用眼神示意尤里西斯借過，可是後者彷彿沒有讀懂他的意思，繼續追問：「吃了什麼？」

到了這個地步，伊凡也不能再裝作聽不懂了。「跟平常差不多啊，怎麼了嗎？」

「所以你沒有喝血。」

「我沒有這麼說。」

「如果你有喝，剛剛就會跟我說你有喝血，但你沒有說，所以就是沒有了。」

「……」

不知不覺，伊凡靠到窗臺上，一反方才在外人面前的傲慢姿態，表情像個做錯事的小孩。

「知道了，我回去就是了，不要在這裡……」

吸血鬼微弱的嗓音竄進耳裡，激得尤里西斯心癢如麻。

他的目光落到那張緊抿的薄唇上。

即使伊凡已經用魔法藏起自己的利牙，但在尤里西斯的面前，要打破這個偽裝簡直不要太容易。

只需要一個眼神，吸血鬼便讀懂他的意思，在他面前卸下偽裝。

吸血鬼的尖牙用力抵著下唇，只需輕輕用力，那張略顯蒼白的唇瓣便會染上鮮紅的顏色。

光是想像尖牙戳入皮膚的感覺，尤里西斯便泛起一抹詭異的興奮感。

是因為被吸血鬼擄獲而興奮，還是因為吸血鬼被他擄獲而興奮，尤里西斯不得而知。他只知道這份情緒必須藏好，不然他的吸血鬼會被嚇到。

他伸出一隻手，輕輕捏了捏吸血鬼的下巴。在看見吸血鬼乖乖放過自己的下唇後，尤里西斯滿意地瞇起眼睛。

只要對方願意，他很樂意在這個神聖的殿堂敞開衣領，獻上自己的脖子。可惜他的吸血鬼臉皮太薄，在外人面前囂張個幾句還可以，真要他在這裡做些見不得人的事就不行了。

「你等我一下。」尤里西斯收回手，從書桌抽屜掏出一把紅銅色鑰匙。「這是我老家的鑰匙，那裡現在沒人住，你可以隨時使用。地址我再寫給你，或者你可以等我下班一起過去。」

伊凡微微一笑，心安理得地收下鑰匙，「不錯，我喜歡懂得報恩的血奴。」

這間小屋比卡托拉商團為他安排的住處更隱密，這下他在王城又多一個藏身處了。

「我現在是卡托拉商團的商人，大家都叫我路德。我出身於落魄貴族，為了還清家族債務，我獨自來到王城學習經商，商團老闆很看好我。為了取得更多訂單，我很積極地跟神殿打好關係，要是神殿有人想買『特殊的藥草』可以叫他來找我，我會用比其他人更便宜的價格賣給他。」伊凡整了整衣領，故作陌生地跟尤里西斯握手。

尤里西斯做為長年跟吸血鬼對抗的聖騎士，早就見怪不怪。為了享受王城的娛樂生活，每個吸血鬼家族都有經營自己的事業，還會捏造一個假身分，方便他們融入人類社會。

很多信徒都以為吸血鬼喜歡離群索居，殊不知自己早就見過吸血鬼了。那個跟你勾肩搭背的酒鬼、向你推銷自家商品的老闆，都有可能是吸血鬼。

有的吸血鬼會囂張地捐錢給神殿成為大信徒，也有的吸血鬼會謹慎地與神殿保持距離，例如阿德曼。

「路德先生，您有一位很風趣的朋友，就我所知，那位朋友在經營香料生意，是一位成功的商人。」

「是的。我那朋友專門進口穆赫辛的香料。雖然運送香料的過程漫長而危險，但有他在就不會有事，你知道的……沒人敢打劫他的車隊。」

別說是打劫了，光是起點口角，強盜可能就要嚇哭了。

這可是薩托奇斯的車隊。

尤里西斯的眼神黯淡下來。

「尤里，薩托奇斯家的領主世世代代都是將人類視如草芥的怪物，他們行事殘暴，殺過的人類多不勝數。」

第一次接觸吸血鬼時，賈克森便語重心長地向他介紹。

「每個吸血鬼家族都有自己的行事風格。艾路狄家族不喜接觸人群，平日相當低調。蓋布爾家族喜好奢靡的生活，但懂得跟人類維持表面的和平，薩托奇斯家則是十足的惡霸，他們到處惹事生非，且蠻橫不講理。」

當時的尤里西斯才十五歲，他奉命調查一樁吸血鬼擄人事件，最後在一處貧民窟裡找到人。

若不是親眼所見，他很難想像一個少年能輕易地將十幾個大人撂倒，還能笑嘻嘻地徒手捏爆別人的心臟。

「對啊，那些失蹤的人都到我的領地去了，那又如何？」吸血鬼少年面對他的質問，毫不在意地舔了舔手上的血。

「你……」

「唔，真難吃。果然王城人的血就是難喝。」少年將缺了心的屍體甩到一邊，眼裡泛起一絲癲狂的笑意。「怎麼，想逮捕我啊？來打啊，我還沒跟聖騎士交手過呢。」

那時的尤里西斯第一次離死亡如此接近，這名褐膚紅眼的少年行動迅如閃電，力大無窮，所幸賈克森及時趕到，在兩人同心協力下才終於拿下少年。

「啊哈哈，就算抓到我也沒用啦，那些人永遠不會回來了。沒有人能夠活著離開薩托奇斯的領地。」少年當時被他們綁住雙手，還囂張地對他們放話，「畢竟活著就是要懂得享受嘛，待在這個鬼地方能享受什麼呢？」

「要是不肯老實交代，你也別想活著離開這裡。」尤里西斯冷漠地回道。

少年阿德曼朝他看過來，這場戰鬥讓兩個人都掛彩了，他的制服沾上了阿德曼濺出來的鮮血，阿德曼的臉上也流淌著他的血液。

明明這般狼狽，少年卻毫無居於下風的感覺，他的眼神像在看獵物一般，緩緩舔去脣邊的鮮血，對他露出一個詭異的笑容。

「嘶……你的血液真燙，平常沒少滿足欲望吧？這種禁欲的職業真不適合你。乾脆來我這裡吧？」

「你——」

成群的烏鴉突然從天而降，朝他們發動攻擊。

阿德曼的笑聲迴盪在這團混亂的黑霧中，只見寒光一閃，少年不知從哪裡變出一把匕首，割斷了繩子。

「哈哈哈，區區兩名聖騎士也想抓到我啊，別傻了！我可是阿德曼・薩托奇斯啊！」

阿德曼縱身一躍，跳到了屋頂上。他背對著滿月，那過分赤裸的目光讓尤里西斯有種無所遁形的感覺。

「總有一天你會加入我們的，聖騎士。」

當時的尤里西斯還嗤之以鼻，現在他多少理解了。人是不可能沒有欲望的，只要欲望還在，他就必然會受到吸血鬼吸引，就像賈克森一樣。

與人類不同，吸血鬼只信仰自己，像阿德曼那樣的純血吸血鬼更是如此。人類對他而言不過就是一群路邊的野狗，中意的野狗他會抓回去飼養，不中意的踹死也無所謂。

慈悲不存在於薩托奇斯家的字典裡，他們是欲望的信徒，純粹原始的破壞欲、妄圖征服其他野獸的掌控欲，以及無法忍受被他人侵犯的憤怒，都是構成薩托奇斯家的一部分。

身為半個吸血鬼的伊凡，恐怕看不到這一部分吧。這個吸血鬼和他的母親都把人當人看，怎麼有辦法理解野獸的想法呢？

「我只是想知道，那等大人物為何會親臨神殿？」

即使野獸闖入地盤，也絕不能驚慌。

「他最好已經回家了，否則我……」

他是神殿的劍，聖騎士之首，既然坐上這個位子，就要擔得起這個名號。

「否則我，就得取下他的項上人頭了。」尤里西斯的目光閃過一絲冷意，一隻手放到劍鞘上。

「我們太陽神殿不歡迎像他這種把人當狗看的怪物。」

Chapter.3 虔誠的大信徒

三天前。

「有興趣跟吸血鬼交易嗎？聖女大人。」

伊凡坐在沙發上，氣定神閒地注視著小口啜飲著藥草茶的聖女。

曼德拉草止痛、薰衣草安撫心神，每一種藥草都出了一份力，緩和少女生理不適帶來的痛苦。才過半個小時，艾蕾妮便表示自己好多了，臉上也找回幾分血色。

短暫休息的過程中，伊凡覺得自己跟這個人很聊得來，他們有諸多共同興趣，且聖女就如傳聞一樣學識淵博，伊凡從她口中得到許多有趣的知識。

然而只有伊凡知道，這位少女跟他的好鄰居阿德曼一樣，在原作中都落得悽慘的下場。阿德曼被神殿架上處刑臺，在廣場晒了三天三夜後灰飛煙滅。

原作的聖女艾蕾妮在尤里西斯被眾叛親離、關到神殿地牢時，偷偷放走尤里西斯，最後慘遭加雷特報復，被擄到吸血鬼宅邸。

待尤里西斯把她救出來時，艾蕾妮已經身心崩潰，她渾身瘀青，那對散發著溫暖光芒的眼眸也只剩下全然的恐懼。

這段劇情讓許多純愛戰士讀者崩潰，當時有許多讀者們揚言要揪團寄刀片給作者。陰謀論的讀者懷疑作者為了扶公主上位，故意寫出這麼噁心的劇情。

不論目的為何，伊凡都不希望這件事發生。

至於為何？理由很簡單。

他只是想看到好結局。

世上讀者有百百種，有人喜歡看角色們全死光的悲劇結局，也有人喜歡全員存活的快樂結局。伊凡屬於後者。

「換作以前，我肯定是不會答應的。但是在認識你後，我願意考慮看看。」艾蕾妮微微一笑，放下手邊的杯子。「請說吧，吸血鬼先生，你想跟我交易什麼？」

「我想要知道神殿裡還有哪些人跟蓋布爾家有交易往來、或是誰跟他們家交情不錯。作為交換……我可以給予妳想要的一切，例如財富、權力、自由……」

伊凡裝模作樣地對艾蕾妮眨了眨眼。

「甚至是漫長的壽命，都可以給妳。一旦獲得吸血鬼的力量，妳可以活得隨心所欲，讓所有人跟妳低頭。」

他看過原作，知道聖女的生活相當壓抑。她們的生活像個苦行僧，毫無娛樂可言，雖坐擁高位，但也只是無任何實權的傀儡代言人。

可面對吸血鬼的誘惑，太陽神聖女沒有露出嫌惡的神色，也沒有被欲望迷失了雙眼。

她的眼神依然漾著溫暖的光輝，堅定而溫柔。

「我很訝異您會跟我提出這樣的交易。畢竟，您已經有個願意為您赴湯蹈火的聖騎士朋友了，不是嗎？」

「尤里可不擅長打聽情報。」

想到尤里西斯拐彎跟別人打聽情報的樣子，他就覺得好笑。尤里西斯得到情報的方法向來都是開門見山地詢問，可不會拐彎抹角。但是艾蕾妮就不同了，她身邊有很多供她差遣的女性神職人員，從負責主持儀式到走廊掃地的都有。

「那些跟蓋布爾家交易的人們會有什麼下場呢？」

「不會怎樣，我會讓他們知道跟我合作才是明智之舉。」

「我就相信您吧。」艾蕾妮點點頭，爽快地接受他的理由。「比起喜歡對聖女下手的吸血鬼家族，還是會送藥草的吸血鬼家族更好。不過……您的提議我都不感興趣。財富與權力非我所求。自由也是遲早的事，漫長的壽命更不需要了。我唯一想要的……」

她將手伸向後腦，取下她的百合髮飾。

「就是跟向日葵見上一面，我想當面質問她為何放我鴿子，也想看到她的真面目。」

「哪種真面目？不要說妳們認識這麼久，還不知道彼此的長相。」

伊凡感到一陣荒唐，艾蕾妮不是很乾脆地在他面前把面具拿下來了嗎？結果這位向日葵小姐居然沒看過。

「我們只在貓頭鷹書店見面，書店的規矩就是入店的人必須戴著面具。」艾蕾妮點點頭，將百合髮飾遞給伊凡。「請您幫我跟向日葵安排在其他地方見面。我只知道向日葵來自貴族社交圈，只要讓她看到這個髮飾，她就會主動上前找你搭話了。」

「有其他線索嗎？」

「嗯……她的追求者很多，是社交圈名花。」

聽到這裡，伊凡開始苦惱了。王國貴族社交圈是他不曾涉入的圈子，聽父親說過王國貴族的眉角很多，而他也不喜歡跟這群人接觸，因為當年有許多人私下把他父親講得很難聽。

不過他也不是沒有人脈，大不了委託其他人去做就是了。

「妳給的線索這麼少，是要我把貴族少女們都擄走，一一審問她們嗎？」

聽見吸血鬼的調侃，艾蕾妮愣了一下，面露苦笑，「這是我僅能提供的資訊了，請您諒解。您的要求也有風險，要是被樞機們發現我在打聽吸血鬼，我的下場可能不會太好。」

「好吧，那就這麼說定了。」

在兩人達成交易後，伊凡送聖女艾蕾妮回到神殿，隨後徒步踏上歸程。

吸血鬼獨自走在巷弄中，他的步履輕盈，無聲無息地與黑暗融為一體，幾名走在巷弄中的人們完全沒發現吸血鬼已然掠過他們身旁。

伊凡仔細回想著《吸血鬼帝王》的內容。

太陽神殿明面上是由三位樞機，聖女和聖騎士長所管理的。聖女是神殿主要發言人，負責傳遞神諭和主持對外公開儀式，聖騎士是神殿守護者，負責維護和平，樞機們負責神殿營運和主持內部儀式。

三位樞機分別為晨曦樞機、白日樞機、黃昏樞機。根據原作敘述，晨曦樞機是初代聖女的後裔，擁有強大的魔力和極高的人望；白日樞機是神殿中最有能力的管理者，負責協調與行政事務；黃昏樞機是太陽神的審判官，負責維持秩序和排除異議。

在原作裡，尤里西斯為了為貝莉安報仇，率領聖騎士團突襲艾路狄領地。在討伐過程中，曾是王儲的萊特為了保護吸血鬼女王，主動上前迎戰，最後慘死於其他聖騎士手下。

嚴格來說，萊特是王國貴族，應該當場逮捕，交由王國法律來審判他的罪行，就算死了也該帶回去厚葬。

但是這位可是國王巴澤爾唯一的親生手足啊，不是一句作業疏失或情況緊急，就能敷衍過去的情況。

要說是吸血鬼殺的也有點困難，因為萊特身上留下好幾道足以致死的傷勢，驗屍官一看就知道是被亂劍砍死的。

但也不可能等人化為白骨再帶回去吧？

經過幾番祕密會議，神殿決定採取最省事的方法，他們燒了萊特的屍體，謊稱沒找到巴澤爾的弟弟。

然而他們沒想到的是，加雷特的臥底早就將這件事透露給他的主子，並留下證據。

這個證據成為加雷特的王牌，當他發現尤里西斯開始威脅到自己時，立即將事情攤在國王面前，引起軒然大波。

僅僅一夜，巴澤爾便與神殿反目成仇，為了平息他的怒火，三位樞機決定讓尤里西斯承擔所有責任，他們把所有錯都怪到尤里西斯身上，並褫奪他的職位，把他交給國王處置。

而這一切都是加雷特計畫中的一環。他不但成功攏絡了國王，還把敵人送到地牢。在他的操控下，王族跟神殿打起來也只是時間的問題，到那時候他就可以坐享漁翁之利，將整個王國收入手中。

屆時，艾路狄家與薩托奇斯家也早就不在了，一個吸血鬼王是不會允許自己的地盤裡有其他吸血鬼領主的。

「首先……」伊凡把玩著艾蕾妮的髮飾，若有所思地摸了摸下巴。

他記得聖女不能穿戴珠寶首飾，可這個百合髮飾一看就價值連城，其造型典雅精緻、鑲了好幾顆碎鑽與珍珠，還附了魔，能讓配戴者的步履輕盈如風。

這個東西有價無市，確實很引人注目。不過……要怎麼讓向日葵注意到呢？他完全不熟貴

族社交圈，也不知道社交圈裡有哪幾位小姐的人氣很高。

他記得阿德曼交友廣闊，在平民圈與貴族圈都有自己的人脈。他在王城中頗有名氣，卻鮮少有人知道他是薩托奇斯家的吸血鬼。

在奧斯曼，薩托奇斯是惡夢的代名詞，這個家族的吸血鬼以殘暴出名，他們的暴行被記錄在史書裡，至今仍被人們所畏懼。

三百年前，阿德曼的父親格里芬・薩托奇斯連夜潛入王城，血洗法斯瑪侯爵宅邸。當時宅邸裡的貴族與僕人無一倖免。

這件事太過駭人，一夕之間轟動全國，神殿與王室更是首度聯手，率兵討伐薩托奇斯家。當時艾路狄家與蓋布爾家深怕自己的領地受影響，紛紛站出來，經過長達數天的戰鬥才終於將敵人擊退。

伊凡的母親伊若娜也是在那時被人冠上吸血鬼女王之名。

與薩托奇斯和蓋布爾當家主不同，伊若娜是完全不問俗世的吸血鬼。她長年隱居於森林，對城裡繁華毫無興趣，也不喜與人接觸。

也因如此，當她出手時，敵人被打個措手不及。無數目擊者對這件事誇大其詞，越傳越廣，最後得到奧斯曼最強吸血鬼之名。

雖然伊若娜說自己並非最強，但伊凡覺得事實並非如此，因為事後伊若娜抓著格里芬的領子好一番指責，還把他一腳踹出森林，要他百年內不准再回來。

想到此，伊凡覺得有些好笑，據說一開始格里芬還打算趁著四下無人時偷偷回到自己的領地，結果他的領地被伊若娜的幻影結界覆蓋住，自己也找不到回去的路。

格里芬無可奈何，只能先離開森林到處走走，反正對他們這種純血吸血鬼而言，百年並不算太長。

這也是阿德曼誕生的原因。格里芬在周遊列國時，與死亡沙漠裡的吸血鬼公主相識相愛，格里芬也因此愛上自由自在的游牧生活，他放棄奧斯曼國的一切，擁抱沙漠的烈日，成為沙漠吸血鬼部落的一員。

二十年前，他的妻子懷上阿德曼，因氣候嚴酷的關係，死亡沙漠的吸血鬼寶寶夭折機率很高，為了讓阿德曼平安長大，夫妻倆返回領地，在阿德曼能獨立自主後，返回吸血鬼部落。

擁有沙漠部落血脈的阿德曼擁有出色的狩獵能力和與生俱來的野性，那危險的紅色眼眸、沙漠民族特有的褐色肌膚和精悍如豹的體格，讓他從小備受矚目，走到哪裡都有人討論。

阿德曼本身也是喜歡熱鬧的人，他喜歡去王城交朋友，從貧民窟到貴族都有他的人脈。那個花花公子說不定會有線索。

伊凡嘴角微微一勾，決定立即返回奧斯曼森林。

外出覓食的野獸們看到森林的頂端獵食者出現，都紛紛識相地讓出一條路，或是敬畏地跟隨其後。

所有奧斯曼人都知道，看見迷霧代表已經進入吸血鬼的地盤，吸血鬼會透過迷霧辨認闖入者的身分，那些匍匐在迷霧中的幽影與猛獸都是吸血鬼的爪牙，只要領主一聲令下，便會衝上去追捕。

大部分不速之客都會成為森林居民的食糧，他們的屍骨成為土壤的養分，他們的魂魄成為吸血鬼的俘虜，只有極少數的幸運兒會被吸血鬼看上，成為吸血鬼的子民或伴侶。

「啊啊啊啊——」

一陣劃破長夜的慘叫聲從迷霧中傳來，空氣中瀰漫著一股腥甜的血味。

伊凡愣了愣，隨即奔向聲音的來源。當他抵達時，一眼便看見少了輪子，翻倒在地的馬車、散了一地的昂貴絲綢，以及幾名臉上帶著驚懼表情，倒臥在血泊中的盜賊。

「竟敢覬覦吸血鬼的財寶，該稱讚你勇氣可嘉嗎？」

一個輕飄飄的嗓音迴盪在森冷的空氣中。盈盈月光照亮了吸血鬼嗜血的紅眸，以及那張帶著一絲戲謔的側臉。

阿德曼．薩托奇斯站在血泊中，他捉住一名嚇壞了的盜賊脖頸，神情毫無慈悲。

「對不起，我、我不知道那是您的商隊……我以為……」盜賊的臉色比吸血鬼還慘白，一個勁地辯解與道歉。

然而他還來不及說完，吸血鬼便掐斷他的脖子。

「我沒興趣聽害蟲講話，浪費時間。」吸血鬼鬆開手，對地上死不瞑目的屍體微微一笑。

伊凡默默別開目光，用手摀住口鼻。袖口傳來的迷迭香氣將反胃感壓了下去。

「有必要做到這樣嗎？」他忍不住埋怨一句，儘管他不贊同這樣的行為，但他也知道自己才算是個異類，這對吸血鬼而言很正常。

要求吸血鬼尊重別的物種是件困難的事，就像人類不會尊重一頭豬的權益，對他們而言，豬只是食物，對吸血鬼而言也是如此。

「只有恐懼才能深植人心，伊凡。想鑽進你家啃米袋的老鼠可多了，看到這些死狀悽慘的同類才能讓他們明白，這裡不是他們可以涉足的地方。」阿德曼一腳踹開屍體，誨暗的眼神中潛伏著一絲暴戾。

「你不怕嚇到領地裡的那些血奴嗎？恐懼會讓血液變質的。」

「怎麼會？只要乖乖奴役於我，天底下有什麼需要恐懼的呢？」

彷彿在贊同他的話，烏鴉們盤旋在殘暴吸血鬼領主的身旁，發出刺耳的叫聲。吸血鬼僕從們拍打著黑色羽翼，恣意啃蝕著主人賞賜給牠們的新鮮血肉。

「只要將全副身心獻給我薩托奇斯家，又何須擔心自己會淪落到這樣的下場，是吧？」

「那我是不是要擔心一下自己的人身安危了？因為我的身心都是屬於我自己的，我也不會奴役於任何人。」

「話別說得太早，」阿德曼用手帕擦了擦手上的血跡，緩步朝伊凡走過來。「奴役一個人的方式有很多種，愛也是奴役他人的一種手段，而你愛我，我看得出來。」

「建議你戴個眼鏡，或是換一對眼珠。」伊凡被他的無恥氣笑了。

「拜託，我的眼睛是雪亮的。」阿德曼傾身向前，深深凝視著自家兒時玩伴的眼眸。「你愛我，也愛每一個人。你的眼睛映著漫天星辰及世間萬物，你或許沒感覺，但其實你早就被這個世界奴役了。」

這樣一說，伊凡竟無法反駁，不過如果這就是被奴役的感覺，他也覺得沒什麼不好。

「所以，結論就是你愛我。」阿德曼拍了拍他的肩膀，得意地說：「謝謝，我也很愛我自己。」

聽到這無恥的回答，伊凡忍不住翻了個白眼。「都給你說就好了。」

其實他也知道阿德曼的原則，阿德曼對於誤闖領地的人類都是睜一隻眼閉一眼，對自家領民也好得沒話說。然而，想要叫阿德曼尊重人是不可能的，對他而言，人類分為兩種，自己人跟其他人。對他來說，那些外人就是螻蟻般的存在。

「你對貴族圈熟嗎？想請你找個人。」

「親愛的，你可是國王的親姪子，只要你認領這個身分，相信那些王公貴族很樂意一字排開，幫你找人。」

「我可不像你一樣高調。」

伊凡沒好氣地說。

「喔——真的是這樣嗎？我可是聽說了。」阿德曼攬住他的肩，笑嘻嘻地湊到他面前。

「你成為某個商團的小少爺了，好像是叫什麼拍拖拉商團？挺行的嘛，終於打算來王城交朋友啦？」

這才不到一天。

伊凡挑起一邊眉頭，有點訝異阿德曼的情報收集速度。

「比起貴族，我跟商人們更熟一些。我很喜歡親自去談生意，你知道的……」

「你不會用吸血鬼的身分威脅人家吧？」

「怎麼可能，聽到我姓薩托奇斯，誰還敢跟我做生意？」阿德曼大笑著拍拍他的肩，紮實的力道差點讓伊凡把剛才的午餐吐出來。

「說到貴族，沒有人比加雷特更了解那個圈子了吧？不過我猜你不會去問他。」

「那當然了，等等找著找著，人就被他拐走了。」伊凡沒好氣地推開他的手。

「若果真如你所說，對方是貴族圈的交際花，那她應該會出席你家騎士的晉升典禮吧？」

「好像有道理。」伊凡低頭沉思起來。

晉升典禮那天會來很多人，許多平日神龍見首不見尾的大信徒都會來觀禮，這是不同圈子難得聚在一起的時刻。

大信徒是根據對神殿的貢獻程度來決定的，像公主就是知名的大信徒，席夢娜每個月都會繳交高額貢獻金、參加聖女的祈福儀式，可說是相當虔誠。

許多商人的貢獻也不輸貴族，被納入大信徒名單裡，這些大信徒可以參加一些對內祈福儀式，或是在對外公開活動時，坐個視野好的位置，可說是福利很多。

「我們一起去吧？儀式結束後介紹一些人給你，我有邀請卡。」

「……你一個薩托奇斯家的吸血鬼為什麼會有大信徒的資格？」

「你不知道嗎？我們家世世代代都是神殿的大信徒。」阿德曼驕傲地挺起胸膛。

伊凡開始懷疑人生。

在阿德曼的解釋下，伊凡才知道很多吸血鬼會刻意隱瞞身分捐錢給神殿，當他們拿到每個月的捐贈收據、被神殿列為特殊貢獻名單時，會感到特別興奮，有種成功潛入敵營的感覺。

到底是心理變態還是純粹犯賤，伊凡不想追究。他相信加雷特肯定也是神殿的大信徒。

「你怕不是瘋了，那個地方的人一言不合就丟聖光術，要是被抓到就完了。況且儀式是白天進行，你白天能出門嗎？」

「當然可以，做好防曬就行了。」

「……」

「我是說，我家有個法寶，可以抵禦陽光帶來的大部分傷害。」阿德曼笑嘻嘻地解釋，「那是我母親的嫁妝，她就是靠著這個在白天跨越沙漠的。」

伊凡不意外，因為沙漠遮蔭處少，對畏光的吸血鬼而言是相當惡劣的環境，若沒一點本事，早就在沙漠中化為塵埃了。

然而讓阿德曼前往神殿……這個舉動就跟飛蛾撲火一樣，讓他不免感到憂心。原作的阿德曼就是死在神殿，為了澈底殺死他，神殿把他拖到廣場上，曝晒了整整三天三夜。

即使持有聖物，經過長時間的曝晒還是會死的吧？更何況那裡可是神殿，人們隨手都能扔出一團聖光。

「聽我的忠告，不要去神殿比較好。」伊凡語氣凝重地回應。

「放心吧，我之前就有去過，而且加雷特還跟我說，他都把神殿當後花園逛。」

「……」

伊凡不曉得這件事的可信度，畢竟他的兩位鄰居都很愛吹噓，但如果是真的，神殿必須好好反省了。

「加雷特都去那麼多次了，我也得多去個幾次吧？」

「你又不知道他說的是不是真的。」

「不管是不是真的都無所謂。要是我去了聖騎士長的晉升儀式，我可以跟那傢伙吹噓一輩子。」阿德曼微微瞇起雙眼，笑得充滿惡意。「因為我們三個裡，唯獨他沒辦法晒太陽啊。」

伊凡實在不知該拿什麼理由說服他，吸血鬼本就是天性高傲的種族，再加上他跟阿德曼還有加雷特都是年紀相仿的家族繼承人，要說不會比較是不可能的。某方面而言，吸血鬼跟狼很像，每個狼群都擁有自己的地盤，要是有那個機會，他們絕對會把另一個狼群的地盤搶過來。為了那天的到來，任何一個能打擊敵人的機會都不放過。這就是吸血鬼領主之間的相處方式。

「那你可得小心了，像你這樣的純血吸血鬼，很容易露出馬腳的。」

阿德曼漫不經心地吹掉肩頭的落葉。

「只要沒拿老掉牙的方式對付我，就不會有事。」

＊

七天後，現在。

「我們太陽神殿不歡迎像他這種把人當狗看的怪物。」

聽到這番話時，伊凡以為自己面對的是《吸血鬼帝王》的尤里西斯。那張冷峻的臉跟書裡敘述的很像。

同樣是吸血鬼，阿德曼卻得到這樣的評價，伊凡並不感到意外。

知道阿德曼真實身分的人屈指可數，大部分的人都以為這位狂妄的青年是來自某個穆赫辛富豪家的小公子，沒人知道他其實姓薩托奇斯。

原作的阿德曼高傲狂妄，不把任何人看在眼裡，完全符合人們對薩托奇斯的評價。可身為吸血鬼的伊凡，對薩托奇斯跟阿德曼有不同的看法。

再說了，阿德曼混跡於人類社會的時間比他還長，若他真的如尤里西斯所說的這般不尊重人，早就被討伐了。真正該提防的是像加雷特這種表裡不一的吸血鬼。

「他們不如你想的那樣。薩托奇斯家重視權益，只要給出足夠的利益，他們很樂意安分守己地生活。」

「薩托奇斯家真的知道什麼叫安分守己嗎？」尤里西斯對此抱持深深懷疑，就他所知，阿德曼是三位吸血鬼公子中最高調的。從民間酒館到貴族晚宴都能耳聞他的事蹟，這傢伙喜怒無常，心情好時會請大家喝酒，心情差時會把人揍到連親媽都認不出來，三不五時就能聽到阿德曼又混入哪個派對把人打到哭爹喊娘。

「總之，我們等等就會走了。」伊凡選擇含糊帶過，「沒事了吧？我去看看他有沒有惹事。」

說是這麼說，但尤里西斯仍一手擋在他的去路上，沒有挪開。

「伊凡，這不像你會做的事。」

是的，這就是尤里西斯了，他不喜迂迴，直來直往。

「正常情況下，你會阻止他來的。因為他可能被神殿逮捕，也可能傷害到其他信徒。你從不喜歡衝突，我知道。」

那對深邃的藍眸彷彿穿透這副皮囊，看到了他的靈魂。這種無所遁形的感覺讓伊凡泛起一抹心慌。

「你是不是有什麼想做的事？告訴我吧，我會認真聽的。」

要是他說了，尤里西斯就會加入對付加雷特的行列了吧。

伊凡想起《吸血鬼帝王》裡，尤里西斯抱著貝莉安的屍體，撕心裂肺地哭喊的情景。

他想起尤里西斯在晉升儀式裡，從賈克森手中接過光之劍，眼中閃爍著光輝，在萬眾圍繞下宣誓誓言的模樣。

記憶中的那個男人曾身披榮光，集萬千寵愛於一身，他的光芒太過耀眼，刺痛了吸血鬼的雙眼。想到尤里西斯因遭到加雷特陷害痛不欲生的模樣，伊凡實在不忍心把他拉進自己的計謀裡。

伊凡喜歡尤里西斯毫無陰霾的笑顏和眼裡閃爍著光的模樣，這才是尤里西斯該有的模樣，別讓任何陰影遮住他眼裡的光芒，那不適合他。

「這是吸血鬼之間的事，你們人類不適合插手，至少現在還不行。」

伊凡深吸一口氣，努力忽略聖騎士失落的表情。

「你還有很多事要忙，不是嗎？我就不打擾你了，晚上見吧。」

離開辦公室後，伊凡加快腳步，彷彿慢一秒就會被身後的野獸逮住。確認尤里西斯沒有追上來後，這才鬆一口氣。

他下意識地摸向掛在胸口的光之劍項鍊，尋求認同。

「我這麼做沒錯吧，盧米？」

老是叫光之劍也很招搖，所以他幫光之劍取了個名字，光之劍也很喜歡這個名字，每當它聽見有人喊它盧米，都會興奮地閃爍幾下。

一陣微風掀起地上的落葉，在伊凡面前圍成一個圈。

伊凡一腳踢散神蹟，嘴角微微上揚。若是真的沒辦法，他還是會求助尤里西斯的，他只是覺得比起尤里西斯，自己更適合對付加雷特。

畢竟，除了薩托奇斯跟艾路狄家外，鮮少有人知道加雷特曾有一名手足，也只有身為讀者的他知曉加雷特的「祕密」。

伊凡走向神殿前院，方才來參加晉升儀式的人們有說有笑地聚集在廣場上，奧斯曼的富商和貴族不會放棄任何社交機會，這之中也包括阿德曼。

「凡納斯先生，相信我，天底下沒有比我更大方的買家了。」阿德曼一手放在胸膛上，表情相當傲慢，彷彿這世間沒有人會對他說出一個不字。「想想你的帳簿，經營一間育幼院每個月的支出有多少？王室又捨得給多少補助？那些從你育幼院走出去的孩子，又有幾個願意在長大後反過來資助你呢？」

「育幼院是慈善事業，行善本來就不求回報，凱利德先生。」一名蓄著山羊鬍，眼睛一大一小的男人擠著笑容回應。

凱利德是阿德曼在王城的人類化名，他是王國知名的商人，同時也是流連於各個社交圈的花花公子，其英俊外貌令無數男女為之傾倒，也有許多人巴不得看到他身敗名裂。集萬千寵愛與恨意於一身，是每個奧斯曼吸血鬼的命運。

「喲，身上噴著梵利沙龍最新香水的人說什麼呢？你身上濃烈的香氣完全蓋不過下半身的魚腥味，還有兩個月沒洗澡的臭味啊！」阿德曼高聲說道，「凡納斯先生，說謊前先洗個澡吧？妓院的廉價香水味都快蓋過你的昂貴香水味道了。」

「你別胡說八道！」凡納斯的臉色脹紅，他試著保持冷靜，但片刻的驚慌還是出賣了他。

伊凡看不下去，無奈地走過來制止：「夠了吧？該回去了。」

「親愛的，我在談一樁生意呢。」阿德曼笑意吟吟地朝他招手，「跟你介紹一下，這位是凡納斯先生，凡納育幼院的院長。」

「你不會真的想買下一間育幼院吧？經營慈善事業可不像你會做的事。」伊凡同情地瞄了對方一眼。

讓吸血鬼經營人類育幼院，簡直就像讓狼經營綿羊牧場，沒有比這更糟的事了。但他好像在哪裡聽過凡納育幼院……等等，育幼院？他們上次不是才「拜訪」過一間育幼院嗎？

「你們兩個偽善者，你以為我認不出你們嗎？那天晚上，我在辦公室看得清清楚楚。」凡納斯緊握著拳頭，神色逐漸陰狠起來。「布魯迪的事是我選擇不計較，吸血鬼。」

伊凡挑起一邊眉毛，故作鎮定地接下話題：「原來那間育幼院是你開的。」

也難怪阿德曼會纏著這傢伙不放了。那個男孩說過，育幼院對他們相當刻薄，犯錯的孩子沒飯吃，還會被關在禁閉室。「在指控別人是吸血鬼之前，希望你先拿出證據。我們可是有你虐待那些孩子的證據。」

「虐待？」凡納斯高喊一聲，隨即壓低嗓音，以只有他們三人聽得到的音量說道：「你們這些嗜血的怪物好意思說我虐待人？我沒要求你們賠償就不錯了，現在還反過來要我讓出整間育幼院？」

伊凡的臉色沉了下來，他不喜歡賠償這個用詞。

「你可真會挑啊，吸血鬼。布魯迪是我們育幼院最優秀的孩子，他聰明伶俐、長相清秀，

本來已經被一名慷慨的買家下訂了，我訂金都收了，就因為你，我吃了好大的苦頭！」凡納斯努力壓抑著音量，他深吸幾口氣，臉上露出一個扭曲的笑容。「如果你把他還給我，我可以裝做什麼事都沒發生。你最好乖乖聽話，吸血鬼，這裡是人類的地盤，你沒有勝算的。」

「聽．話？你知道我是誰嗎？」阿德曼的眼神染上一絲殺氣，但他瞄了伊凡一眼，硬是忍住沒發作。「我看上的東西就是我的，你最好給我滾，再說一個字我就打碎你的骨頭。」

「哈，上一個這麼說的吸血鬼最後還不是被趕出奧斯曼了？你們薩托奇斯家不過就是一群只會躲在地盤亂吠的狗，沒有吸血鬼女王，你們早就被滅了。」

伊凡暗叫不好，連忙拉住阿德曼的手，但來不及了，阿德曼的拳頭已經招呼到對方身上。周遭傳來陣陣驚叫聲，本來就有不少人悄悄關注他們的動靜，這一拳下去，打破了虛假的和平。

「你他媽說什麼！」

惹毛一個吸血鬼可不是好事。這一拳揮去，凡納斯的牙齒噴了好幾顆，滿嘴都是血，整張臉都腫了。

凡納斯摀著臉，臉色脹紅地對躲在一旁的僕從怒吼：「還不快拿鏡子出來！大家看啊！」

僕從們手忙腳亂地從布包中掏出鏡子，瑟瑟發抖地照向吸血鬼兩人。

傳說真正的吸血鬼會在鏡子中現出原形，那就是沒有原形。他們的身影無法被光影捕捉，鏡子無法映照出他們的身影。

然而在奧斯曼國，人們已經將其視為騙小孩的故事了。因為他們跟吸血鬼比鄰而居，隨時都可以找個吸血鬼來驗證這點。

什麼吸血鬼無法照鏡子都是無稽之談，這些長著獠牙的傢伙不是清晰地映在鏡子裡嗎？

可在此時此刻，人們動搖了。

只見幾面兩手就能捧起的梳妝鏡裡，竟然只出現一人的身影，鏡子裡清晰映照出白髮青年英俊的側臉，可他身旁的吸血鬼卻完全不見蹤影。

「看到了嗎？那個沒被鏡子照出來的男人，是吸血鬼中的吸血鬼，他的本名叫阿德曼・薩托奇斯，三百年前虐殺侯爵一家的吸血鬼後代！」凡納斯連珠炮似地在群眾中高喊。他早就等一刻很久了，自從親眼目睹布魯迪被搶走後，凡納斯一直懷恨在心，千方百計地想找機會揭穿這個人的真面目。就算是強大的吸血鬼又如何？

這裡可是人類的城市，就算是月神來了也得遵守這裡的規矩，更何況這裡還是信仰太陽的

神殿。任何一個吸血鬼待在這裡都是找死。

「只有來自古老吸血鬼家族的純血後裔無法被鏡子捕獲，這就是他是吸血鬼的證明！」一旁的伊凡暗叫不妙。

他哪知道這個人會自備鏡子啊！說起來他是怎麼知道的？是上次闖育幼院時發現的嗎？

要找到被鏡子拒絕的吸血鬼可是非常困難，這名吸血鬼必須從自然孕育中誕生，父母雙方世世代代都是吸血鬼，就算只有百分之零點零一的人類血脈也會被鏡子映照出來，而原先是人類、後來被轉化的吸血鬼也會被鏡子捕獲。

在古老的神話時代，純血吸血鬼比比皆是，如今這種吸血鬼幾乎絕種了，偏偏阿德曼就是那個活化石。

他是擁有優秀基因的天選之鬼，父親是奧斯曼的純種吸血鬼，母親則是穆赫辛的古老吸血鬼後裔。

「就是他！這個吸血鬼擄走我的孩子，現在還想殺人滅口！救命啊！」凡納斯踉蹌地跌坐在地上，以震耳欲聾的音量吼道。

原本吸血鬼擄走育幼院孤兒的事就傳得沸沸揚揚，也很多人早就懷疑阿德曼是吸血鬼了，如今這身分一暴露，信徒尖叫的尖叫，逃跑的逃跑，神職人員們紛紛舉起手，將炙熱的聖火扔向吸血鬼。不擅於躲避攻擊的伊凡瞪大眼睛，在聖火即將碰觸到他之際，阿德曼猛然將他拉過來，用寬闊的身軀擋下了聖火。

「阿德曼！」伊凡驚慌地扶住差點倒在地上的友人。

「嘶——怎麼戴了手鐲還這麼痛！」阿德曼也沒料到傷害會這麼大，他以為手鐲能抵禦陽光就可以抵禦聖火，然而這是為穆赫辛的吸血鬼打造的，在那個信仰綠洲之神的地方，不會有人拿聖火招呼他們。

「快走，我們贏不了的。」伊凡放出一團雲霧籠罩整個廣場，他推了推阿德曼，可吸血鬼絲毫不動。

「不行，我必須殺了他！」阿德曼緊盯著在人群中逃竄的凡納斯，他舉起匕首，準備一刀射過去。

「要殺等之後再殺，別在尤里的晉升儀式上動手！」伊凡激動地雙手捉住他的手。要是這個人真的死了，往後人們提到尤里西斯的晉升儀式時，第一個想到的肯定是儀式上死了一個人。

阿德曼嘖了一聲，忿忿不平地放下匕首。短短幾秒鐘的耽擱，也讓他們錯過逃離神殿的黃金時機，兩人才剛邁開腳步，副騎士長丹尼斯趕到了，一把聖劍劃破雲霧，刺向阿德曼的咽喉。

吸血鬼神速一閃，一腳踢向聖騎士的腹部。一陣狂風將雲霧盡數吹散，宛若黃金雨般的聖火從天而降，聖騎士們形成包圍，從四面八方朝兩人衝來。

一道金色光芒從伊凡胸口衝出來，光之劍以最快的速度斬斷幾團聖火，奈何聖火數量太多，無法擋下所有聖火，幾團火焰落到伊凡身上，彷彿要將皮肉融化的疼痛阻斷他的施法，伊凡知道必須快點逃離現在的險境，包圍著他們的聖騎士們待聖火消停的剎那，就會毫不猶豫地向他們揮下手中的利劍，這是聖騎士們圍捕獵物時所用的戰略。可就在這時，身旁傳來一聲慘叫。

只見阿德曼摀住雙眼，他的雙手呈現焦炭般的顏色，手指縫隙間流下了血淚，那駭人的慘叫聲聽得伊凡心頭一驚。他的腦海浮現一段曾讀過的劇情。

『燃燒著太陽神光輝的長劍劃破空氣，斬向吸血鬼的雙眼。這一刻，傲慢的吸血鬼終於失去了他引以為傲的動態視力。』

「撐著點！」伊凡一手繞過他的肩膀攙扶，一手高舉向天空，他的周遭颳起一陣刺骨的寒風，寒風化為一根根冰錐從天而降，一場冰風暴襲捲了整個廣場。冰錐所及之處皆化為一層冰霜，聖騎士們與神職牧師頓時自顧不暇。

趁著這時，伊凡拉著阿德曼以最快的速度衝出人群，盧米緊跟在他們身後，對著人群放出一道足以閃瞎所有人的聖光。

伊凡左顧右盼，焦急地尋找逃出神殿的路線，此時一名躲在角落的女神官朝他招了招手。這時候會對吸血鬼招手的人只會是友方了。伊凡跟上女神官的腳步，鑽進一間儲藏室裡。

「地窖裡的舊書架後方藏有祕密通道，那裡可以通往郊外。」女神官打開地窖門，焦急地交代。

伊凡點點頭，他一把揹起阿德曼跳進地窖裡。儘管四下無光，但吸血鬼的夜視能力足以讓他看清所有事物，伊凡很快便找到神官所說的舊書架。他將書櫃往旁邊一推，便看到能讓一名成年男子鑽過的牆壁裂縫。

伊凡艱難地推著阿德曼讓他先過，自己則殿後，用魔法讓書櫃挪回原位。

「伊凡，你在哪裡？這裡又是哪裡？」阿德曼的語氣帶著幾絲不曾有過的驚慌。

「我在這裡。我們現在在神殿的地下祕密通道，別擔心，跟著我。不會有事的。」伊凡趕緊抓住他的手安撫。話雖這麼說，但他的聲音是顫抖的。

「是不是有神官在這裡放了聖光術？我什麼也看不到，眼睛好像要融化了。」阿德曼緊抓著他的手，努力想睜開眼睛。他發出疼痛難耐的呻吟，臉色十分慘白。

「等等就好了，你先跟我回領地，我爸爸的醫術相當精湛，一定能治好你的。」伊凡拉著他走在未知的黑暗中，他的腦袋一片混亂。

大意了。他一開始就不該讓阿德曼來這裡的。

他以為只要阻止加雷特，就能挽救所有悲劇。他以為身為讀者的他能預判情勢，在他的監督下阿德曼不會有事，但事情超出他的預料。

原作裡的阿德曼到育幼院擄人時，被聖騎士師徒聯手逮住，關到神殿羈押。在逃離神殿的過程中，被聖騎士刺瞎了雙眼，就此失明。

如今阿德曼再度以類似的方式被弄瞎雙眼……可這次不會像原作一樣的，伊凡努力說服自己。他爸爸是奧斯曼王國最好的醫生，一定能治好他。

伊凡在通道盡頭看到一個梯子，他爬上梯子，小心翼翼地打開地窖門。這裡是王城外一座廢棄墓園，因過於接近吸血鬼的地盤，所以神殿早就撤回人手，放棄這裡了。這裡的棺木早已被洗劫一空，裡面只剩下人財兩散的骷髏，以及厚厚的蜘蛛網。

雖然他不清楚這裡是哪裡，所幸這裡住著許多蝙蝠，伊凡請蝙蝠們帶他們回艾路狄領地，由於他自己也傷勢不輕，這一路可說是走得很費力。他回頭望了王城的方向一眼，內心充滿愧疚。

他怎麼會天真到相信阿德曼的話呢？要吸血鬼不在神殿惹事，簡直比登天還難。今天本該是尤里西斯風光的一天，現在全被吸血鬼毀了。往後人們提到他的晉升儀式時，第一個想到的一定是吸血鬼來鬧場。

之後得跟尤里西斯道歉，伊凡心想。眼下最重要的是阿德曼的眼睛。

「那個該死的人類，我要殺了他！我要啃食他的屍骨，殺死所有跟他有關的人，我會把他的頭顱掛在廣場上，讓所有人知道我薩托奇斯家不是好惹的！」

「你再這樣我就要丟下你了，在把傷養好之前你什麼也別想做！」

經過一番折騰，伊凡總算拖著自家兒時玩伴回到領地。兩人渾身是傷的模樣引起了一陣騷動，僕從們將他們圍在中間，不到一刻，他父親便火急火速地趕來，看到父親的臉，伊凡瞬間放鬆緊繃的神經，手腳發軟地倒在地上。

雖然是半吸血鬼，聖火術帶來的傷害仍不容小覷，他的身體彷彿被地獄烈火灼燒，被聖火燒到的肌膚不斷冒著煙，呈現灰燼般的顏色，彷彿輕輕一碰就會碎裂。

「阿德曼……先救他，他的眼睛……」話音未落，伊凡便失去了意識。

心臟在抽痛。

彷彿有人緊緊揪住他的心臟，按在地上摩擦，劇烈的痛苦迫使伊凡睜開雙眼。不知何時，他回到了熟悉而陌生的臥房。

之所以這麼說，是因為這裡雖然是他的房間，但擺設跟先前有些不同，床邊散落一地的書籍不見了，茶几上琳琅滿目的營養品也消失了，被褥是讓人感到負擔的酒紅色，牆上掛著瘋狂藝術家范德基的最後遺作《吸血鬼盛宴》。

他想要呼喚僕從，可喉嚨發不出聲音，手腳也不聽使喚。伊凡跌跌撞撞地下了床，一把推開臥房大門，他的雙腳帶著他來到父親的診間，一踏進去，伊凡便瘋狂搜尋某個身影。

看到阿德曼躺在病床上，眼睛纏繞著繃帶時，他的心臟更痛了。

「別擔心，伊凡，阿德曼還活著。他只是需要靜養一陣子，吸血鬼的治癒能力遲早能治好這些皮肉傷的……」

萊特輕拍伊凡的背，但這番話完全沒有安慰到伊凡。

「那他的眼睛呢？他的眼睛會好嗎？」

「這……」萊特面帶惋惜地回應：「聖光劍在他的眼球留下一道裂痕，他的眼角膜割裂，神經也完全壞死了。除非他有長出一條手腳的治癒力，否則恐怕就這樣了。」

「你讓我怎麼跟他說？阿德曼向來對自己的動態視力感到自豪，要是他知道自己再也看不到了……」說到最後，伊凡的聲音隱隱帶著哭腔。

「他只能接受這個事實。」

「……」伊凡沉痛地閉上雙眼。

萊特嘆了口氣，默默離開診間，準備接下來會用到的藥草。

在萊特闔上門後，病床上傳來一個虛弱的聲音。

「這是真的嗎？」那個聲音是如此脆弱，彷彿輕輕一碰就會碎裂。

伊凡不曾聽過阿德曼用這樣的語氣說話，他的話堵在咽喉，不知該如何開口。

「我再也看不到了……?我被關進永恆的黑暗裡，直到化為灰燼才能獲得自由……是這樣嗎？」

「我會想辦法的。」他發現自己的聲音帶著哽咽。

阿德曼發出一聲輕笑，艱難地撐起身子，「你能做什麼?連王國最優秀的醫生都做不到了，你還能怎麼辦？」

「我會去查相關文獻，一定還有——」

「怎麼可能有！」

阿德曼的怒吼聲狠狠撕裂伊凡的妄想。

「我只能像個獵物待在黑暗中等敵人來狩獵我!與其這樣不如死在神殿！」

「我……」

「帶我回神殿，我要殺光所有的人!我要用他們的鮮血沐浴，以死亡褻瀆太陽之神!快帶我回去！」

伊凡當然不可能這麼做，他抓住阿德曼的雙肩，試圖把他按回床上。阿德曼則瘋狂掙扎，拚了命地想要下床。

「你瘋了是不是？先給我專心養傷，不要再想些有的沒的！」

「失明的不是你，你怎麼可能了解我的痛苦！」

這些話宛若匕首，寸寸割在伊凡的心頭上，伊凡知道阿德曼只是在用憤怒掩蓋自己的恐懼，於是將他緊抱在懷裡，帶著哭腔說道：「我是不了解，但我願意做任何事來分擔你的痛苦，這樣還不行嗎！」

「任何事？」阿德曼停下動作，他沉默了許久，隨後露出慘白的笑容。

「是嗎？那我現在叫你跪下來，你也願意？」

這個要求可說是十分無禮，對任何一個吸血鬼領主而言都是奇恥大辱，可面對如此，伊凡竟然沉默了。

須臾，伊凡緩緩鬆開手，跪坐在床邊。即使阿德曼看不到，他也依然照做了。

吸血鬼領主牽起自家兒時玩伴的手，在阿德曼的手背上輕輕落下一吻。

他的眼神滿懷真摯的情感，可惜對方再也看不到。

阿德曼反過來捏住他的下巴，他摩娑著伊凡的下顎，指尖落到吸血鬼脆弱的脖頸上。

「你的愛可真深沉啊，伊凡。」

銳利的指甲輕輕從伊凡的喉結滑過，伊凡吞了口口水，在看到阿德曼朝他湊近時，伊凡虔誠地仰起脖子，闔上了雙眼。

「哇啊啊啊！」

伊凡猛然驚醒，他嚇得從床上彈起身，一副看到鬼的樣子。

「等一下等一下我沒有那個意思——咦？」伊凡狼狽地躺在地板上，眼前是他熟悉的臥房。

床邊堆滿散落一地的書籍，茶几上的營養品多到看不見桌面，被褥是舒適的純白色，牆上掛著當代藝術家梅提斯的經典之作《田野風光》，毫無疑問，是自己的房間。

「我的月神啊，別告訴我這是那傢伙發生過的事！」

儘管他很想否認，但胸口這份揪心的疼痛仍殘留在他身上。即使已然消散，屬於原作伊凡的情感仍殘留在這具身體裡。

他這是漏看了多少劇情啊?原來這兩人是這種關係嗎?

此時，光之劍盧米從枕頭下鑽出來，一把衝到他懷裡，阻止伊凡用頭撞牆的舉動。

「盧米，你告訴我，這具身體有可能夢到過去發生過的事嗎？伊凡．艾路狄原來喜歡阿德曼？真的假的？我到底漏看了多少劇情！」

伊凡掐住長劍激烈搖晃，盧米不斷閃爍著微光，最後化為耳針大小，咻一聲鑽出他的掌心，躲到天花板上。

一隻鵝毛筆浮了起來，在漂浮的空白羊皮紙上飛快地寫下幾個單詞。

「強烈、情感、記憶……」伊凡蒼白著臉，呢喃這幾個詞，最後發出一聲長吟，摀著臉倒在床上。

在《吸血鬼帝王》裡，阿德曼被關押到神殿地牢，他的好友伊凡將他從神殿救出來，可在逃亡過程中，阿德曼的眼睛被聖騎士砍傷，永久失明。伊凡可以料想那個伊凡肯定很心痛，但他沒想到這是因為伊凡一直愛著阿德曼。

如果阿德曼叫他跪下，他還不一巴掌打過去，這個伊凡怎麼會真的照做啊？身為一個吸血鬼領主怎麼可以對人下跪？

在他的印象裡，原本的伊凡性格較為冷漠，宛若一朵高嶺之花，不易親近，可這麼高冷的人卻放任他的兒時玩伴對他予取予求……只能說愛情太可怕，足以改變一個人。

「連我都看得出來，他在利用你。」他仰天長嘆一口氣。他對伊凡充滿感激，只要伊凡別來搶這具身體，他很樂意替他完成生前的願望，除了跟阿德曼談戀愛。

如果是尤里西斯就不會這樣，江一帆（伊凡）忿忿不平地心想。尤里西斯會先確認他的安危，再對於把他牽扯進來一事道歉。

他看向立身鏡，鏡中的那個人曾在上一個世界狠狠掙扎過，他有心愛的家人、暗戀許久的鄰居，他願意為了他們付出性命，可這個願望卻被命運狠狠擊碎了。

而自己是他最後的希望，如果連已經知曉劇情的自己都失敗了，那原作伊凡的犧牲就沒意義了。

「我知道，他只是嚇壞了。我會想辦法救他的。」伊凡忍不住安撫鏡子中的男子，儘管他知道這個人已經不在了。

雖然聖火術帶來的疼痛感還在，但除此之外並無大礙。伊凡捏著鼻子喝光酒杯裡的血液，他舔去唇邊的血漬，大步走出臥房。

他花了好一番力氣才打發圍著他，要他躺回去的僕從們，獨自走向父親萊特的診間。

阿德曼躺臥在病床上，眼睛纏繞著繃帶的虛弱模樣跟夢境如出一轍。

「別擔心，伊凡，阿德曼還活著。他只是需要靜養一陣子，吸血鬼的治癒能力遲早能治好這些皮肉傷的……」

萊特輕拍伊凡的背。

伊凡點點頭，冷靜地問：「他的眼睛能治好嗎？」

「這……」萊特猶豫一番，嘆了口氣：「聖火術灼傷了他的眼睛，情況很糟，恢復的可能性微乎其微。」

聽到這裡，伊凡微微一愣。他記得夢裡的萊特不是這麼說的。

「他的眼睛不是被砍傷了嗎？還有機會能痊癒？」

「砍傷？沒有啊。」萊特困惑地回。「若是如此那就沒救了。但現在情況也好不到哪去就是了，想要讓他恢復以前的視力，成功機率跟人類女子誕下吸血鬼之子一樣低。」

聞言，伊凡的臉垮下來。他還沒看過成功生下吸血鬼寶寶的人類呢，這可能性幾乎是零了。

儘管如此，這個發展也堪稱奇蹟了，在《吸血鬼帝王》裡，阿德曼的眼睛是被聖光劍砍到，毫無恢復可能。

「手術失敗會怎樣……？他會死嗎？」

「人類的話肯定會死，但吸血鬼的話應該能撐過來，只是失敗的話，我們恐怕得摘除眼球，只有一次機會。」

就算只有零點零一的可能性也好，只要有希望，伊凡就不願放過。

「爸爸，拜託你想辦法救救他吧。不管需要什麼，我都會盡量找來，我們不能放過這個機會。」

如果是那個伊凡，肯定也會這麼說的。

萊特點點頭，默默離開診間，去翻當時的文獻了，他也不確定自己有沒有辦法動這個手術。

在萊特闔上門後，病床上傳來一個虛弱的聲音。

「這是真的嗎？」

阿德曼的聲音微微發顫，像一個被捲入湍流中的受難者。

伊凡第二次聽到他用這樣的語氣說話。

「就算可以動手術，成功機率也趨近於零，這不就是在宣判我的眼睛不可能好了嗎？」

阿德曼努力撐起身子，語氣裡蘊含著風雨欲來的憤怒。

伊凡後退三步，與他保持距離。

「所以呢？你要放棄嗎？既然你覺得眼睛不可能好，那我也不用叫爸爸為你動手術。」

「我沒有這麼說！」阿德曼齜牙咧嘴地怒吼，「我只能像個獵物般待在黑暗中等敵人來狩獵我！與其這樣，不如死在神殿！我寧願英勇地死在戰場上也不願意在黑暗中苟活！」

聽到這狂妄的發言，伊凡氣不打一處來。他冒著生命危險，死拖活拉地把阿德曼帶走，結果得到什麼回應？人家非但一點也不感謝他，還把氣出到他身上。

說起來，為什麼原作的阿德曼聽到伊凡的回答後看起來一點也不驚訝，彷彿早就知道這件事了？

伊凡簡直被氣笑了。

「我怎麼覺得你是最怕死的那個人呢？你是想把錯誤怪在別人身上，好讓自己毫無負擔地活著嗎？連一個只能躺在病床上度過餘生的孩子都比你強。」

「伊凡·艾路狄！你給我閉嘴！你懂什麼？失明的不是你，你怎麼可能了解我的痛苦！」

「我是不懂，但那又如何？你的痛苦是我造成的嗎？」伊凡垂下眼簾，捏起一旁的針筒。

同樣的話，他也曾經對護理師說過。那時剛動完手術，他半夜疼到睡不著，對前來關心的護理師大呼小叫，鬧了一整晚。

隔天他被媽媽罵了一頓。

如果一定要感同身受才能拯救他人，那又有誰可以來拯救那些疲於拯救他人的人呢？

面對媽媽的質問，一帆說不出話。

也就是從那天起，他漸漸減少喊痛的次數，就算半夜痛到冒冷汗、枕頭溼掉不知多少次，隔天依然能以笑面對。

「你呢？你懂我現在是壓抑著憤怒，在跟你說話嗎？尤里西斯本可以風風光光地完成他的晉升典禮，讓全國人民為他歡呼。你知道我有多期待這一天嗎？就因為你沉不住氣，現在全都毀了。」

他甚至有點不敢面對尤里西斯。

發生這種事，民眾會怎麼說他呢？新任聖騎士長公然放吸血鬼進來，還差點出人命。這會對他的職涯造成影響吧？

如果他攔著阿德曼不讓他去，是不是事情就不會發生了？

「就這點小事？那個聖騎士根本不會在——」

空氣瞬間凝結。

即使看不到，阿德曼也能感受到一股寒意。

一股危機感油然而生，那一刻阿德曼明白自己踩到雷了。他一直以為自己很清楚伊凡的雷點，只要不羞辱他的領地和家人，基本上都沒事，顯然現在雷點又多一個了。

聽到步步逼近的腳步聲，阿德曼無法預判伊凡要做什麼，只能隨手抓起枕頭，往腳步聲傳來的方向扔去。

「給我搞清楚，這裡是我的領地，誰准你亂來！」伊凡抓住枕頭，以吸血鬼的爆發力和速度朝阿德曼扔過去，也不管對方是不是病人。

阿德曼的傷勢嚴重，被這麼一砸，當場頭暈眼花，向後倒去，伊凡則趁機衝上去，把針頭戳入他的手臂。

鎮定劑很快便起了作用，阿德曼在昏迷前一刻，仍緊緊抓著伊凡的手叫囂：「給我……記住……」

「敢再說一句，我就讓你成為曼德拉草的肥料！」

砰一聲，一個盆栽碎裂的聲音從門口傳來。

伊凡這才發現父親萊特睜大眼睛看著他，他頭頂一隻曼德拉草，手上抱著一隻，還有一隻摔到地上正在哇哇大哭。

「……」

「爸爸。」伊凡裝作沒事地跳下床，拍了拍身上的灰塵。「我只是開個玩笑，沒真的要做。」

「那就好，吸血鬼屍體化成的粉塵對植物有害，千萬別這麼做。」萊特鬆一口氣，重新撿起地上的曼德拉草。

「……」伊凡沉默一會兒，直接進入正題：「給他配一些鎮定劑，想辦法讓他待在這裡。他現在不適合去王城。」

萊特作為吸血鬼領主的左右手，很快便意會過來。

「薩托奇斯家向來缺乏耐心，伊凡。你必須做出選擇。」

三百年前，格里芬‧薩托奇斯殘忍地殺害法斯瑪侯爵一家，這件事導致神殿跟王室聯手出兵討伐吸血鬼，當時三大吸血鬼領主經過一番奮鬥，才成功擊退敵人。若阿德曼也做出跟他父親一樣的事，後果不堪設想。

現在伊凡只剩兩條路可走，要不說服阿德曼放棄復仇，要不把他交給聖騎士長。

「我會說服他的。阿德曼跟他父親不同，他會做出更好的選擇。」

儘管阿德曼手上沾滿鮮血，但他從未將刀刃朝向無辜之人。

育幼院的孩子們不該為此葬送性命，神職人員們也是為了保護民眾才出手，真正的惡人是將孩子們當成商品販賣的凡納育幼院院長。只有他該付出代價。

這個人口販子在《吸血鬼帝王》裡全身而退，他靠著經營慈善事業贏得眾人的信任，這一次，伊凡可不打算放過他。

Chapter.4 誰才是吸血鬼

「——事情就是這樣，那個吸血鬼上次跑來我的育幼院搶人，這次還想殺了我！聖騎士長大人，請您救救我們啊！」

此時，在尤里西斯的辦公室裡，凡納育幼院院長正在大聲哭訴。

「那可是薩托奇斯家族的吸血鬼啊，他不會放過我的家人還有那些無辜的孩子們……雖然我跟孩子們沒有血緣關係，但一直以來都視他們如親生，天底下有哪個父母能容忍這種事發生？」

尤里西斯忙著交代下屬善後，他一心只想趕緊處理好去找伊凡，根本懶得理這個人。

若他不是聖騎士長，早衝上去揍凡納斯了。他的伊凡那麼乖、那麼懂事，偏偏被鬧事的吸血鬼跟人類拖下水！那些聖火術打在伊凡身上可有多痛，尤里西斯事後得知，簡直心疼死了。

儘管內心焦急萬分，但他仍得耐著性子收拾善後。尤里西斯得阻止這些人舉著武器衝到吸血鬼領地。

「不愧是去年獲得福利機構評鑑A等的凡納斯先生，奧斯曼王國很榮幸能有像您這樣的慈善家。」席夢娜坐在院長對面，露出一副感動的表情。「為了育幼院的安全，我會派人協助今年的評鑑。」

聽到最後一句，凡納斯的表情僵了一瞬，努力擠出一絲笑容：「勞公主殿下費心了。公主殿下雖然不是王儲，卻如此悉心於國家政務，想必陛下也為您感到驕傲。」

聽到這帶刺的回應，席夢娜表面依舊帶笑，指甲微微刺入掌心。

「哪裡，這是應該的。我會努力發展我國社會福利，創造一個公開透明的環境，到時候還請多多指教了。」

「那還真是令人期待呢。」凡納斯的笑容也越發勉強。

最後尤里西斯聽不下去，趕緊打斷這場虛與委蛇的鬧劇。

「凡納斯先生，您可以先離開了。接下來的事由我們來處理就好。」

這辦公室的主人都開口送客了，凡納斯哪敢拒絕，臨走之前凡納斯又跟尤里西斯求情幾句，最後幾乎是被推出去的。

尤里西斯對其他聖騎士交代好工作，目送其他人離開後，與席夢娜面面相覷。

眼見這裡只剩下他們倆了，席萝娜把資料往桌上一甩，她瞪著凡納斯離去的方向，臉上露出厭惡的表情。

「死老頭，惹出這麼大的麻煩還有膽諷刺我。」

整個王公貴族都知道不能在席萝娜面前提起有關王儲的話題，這傢伙倒毫無顧忌地講出來了。

她的父親跟叔叔十二歲時便雙雙立為王儲，可如今她都十七歲了，仍遲遲等不到立儲儀式。奧斯曼漫長的歷史中僅誕生過幾位女王，大部分還是由男性擔任國王。

「我認識那個被吸血鬼抓走的孩子，比起自家院長，他更喜歡阿德曼・薩托奇斯。那孩子是自願跟吸血鬼走的。」

「阿德曼是個生意人，只要是他認為有利用價值的人類都會好好栽培。畢竟是吃素的吸血鬼，他很清楚植物在成熟的那一刻才是最美味的。」席萝娜雙手環抱在胸前。「他的員工多達數百位，且多半來自平民。阿德曼是少數不看重地位身分的雇主，他挑人只講求能力和忠誠度。那個吸血鬼很注重員工福利，他會給加班費、依個人能力發年終獎金、表現優秀的人還有機會出國去穆赫辛實習，在他面前，反而有些人類雇主比較像吸血鬼。」

有一瞬間，尤里西斯很想跳槽到阿德曼的香料公司。可是想到艾路狄領地美味且豐富的員工餐，他又覺得阿德曼給的員工福利不夠好。

「妳對他的事業挺了解的。」在這之前，他還以為阿德曼就是個愛惹麻煩的紈褲子弟。

「你們聖騎士擅長殺吸血鬼，我們貴族擅長跟吸血鬼合作。」席夢娜毫不掩飾她的立場，她微微一笑，說笑地補充一句：「但現在就不好說了，我們的聖騎士長可能比我更擅長跟吸血鬼合作。」

尤里西斯朝她看過去，目光是冰冷的。

「我還是第一次看見你露出這種眼神，看樣子，我的吸血鬼堂哥跟你相處得挺好的。」儘管巴澤爾沒跟她說過，但席夢娜早就透過安插在巴澤爾身邊的線人，得知了一些小道消息。「我還以為堂哥對人類社會不感興趣呢，要是他打算認領他的王族身分，記得跟我通知一聲，我很樂意帶他進入貴族社交圈。」

她的臉上帶著笑容，眼中卻閃過一絲憂慮。

「如果他真有這個打算，早在一開始就這麼做了。」

尤里西斯決定先幫伊凡解釋清楚，他太了解席夢娜有多想要那頂王冠，任何潛在的競爭者都是她的敵人，她看上尤里西斯的原因也是如此。

對席夢娜而言，沒有任何家族背景、職業風光體面、對權勢毫無興趣的尤里西斯是最佳的聯姻對象。席夢娜不喜歡與人共享她的王權，她個性強勢、掌控欲又強，若有人敢對她指手畫腳，八成會被她掰斷手指。

若伊凡對那頂王冠也有興趣，席夢娜會成為最難纏的對手。所幸伊凡曾親口表示不想跟王室有任何瓜葛。

「除非全國百姓願意為當年造謠中傷二王子的事道歉，否則他是不會想回歸人類社會的。」

「那他可能一輩子都無法原諒王國了。」聞言，席夢娜鬆一口氣，暫且撤銷敵意。「可現在問題來了，你覺得我的好堂哥不會惹事，我覺得阿德曼不會惹事，那惹事的人是誰呢？我們總不能跟大家說是某個愛撒謊的院長主動挑釁吧？」

尤里西斯沉默了。儘管他想維護伊凡，但眼下沒有人會相信是凡納斯主動招惹吸血鬼。

「先統一對外口徑安撫信徒，你負責處理吸血鬼，我負責處理育幼院。」說到此，席夢娜的神色黯淡下來。「你是吸血鬼專家，我相信你能做出最好的選擇。如果阿德曼死了，我會想辦法安頓那些靠他吃穿的員工和家庭。」

尤里西斯開始意識到之前跟賈克森聯手逮捕阿德曼的行為有多不明智，他們從沒考慮過殺死吸血鬼的後果。

如果殺死阿德曼，薩托奇斯旗下事業的員工及領地居民都會受到影響。他或許是伸張了正義，可這個世界並不是靠正義在運轉的。

尤里西斯閉上眼睛，他細細思索一番，終於下了決定。

「吸血鬼也是奧斯曼王國的居民，我們必須聽聽他們那邊的說法。」

雖然不知怎麼做才是正確的，但他應該聽聽所有涉案人士的說法，也想知道伊凡會怎麼做。

因為這場騷動，原本預定要在下午舉辦的出巡活動取消了，尤里西斯忙著處理善後，待事情告一段落，月亮都已經高掛夜空了。

尤里西斯為此感到有些疲憊，他現在才知道聖騎士長不好當。神官們為了安撫信徒，忙得焦頭爛額、王宮貴族們要求神殿對騷動負起責任、國王要找他開緊急會議、各報社堵在門口想採訪他，他感覺自己就像小鎮鎮長，什麼事都要參一腳。

跟副官丹尼斯交代完事情後，尤里西斯趕緊前往奧斯曼森林，他騎著愛馬斑斑奔馳在樹林

中，當他走進艾路狄領地的薄霧時，敏銳地感覺到霧氣比以往稀薄。林間傳來烏鴉的嘎嘎聲，幾道黑影陰魂不散地追在他身後，尤里西斯抽出長劍，打算揮個幾下驅趕烏鴉，可沒想到這個動作讓烏鴉燃起敵意，幾十隻烏鴉瞬間衝上來，牠們扯住尤里西斯的頭髮、咬住他的韁繩，還咬住斑斑的尾巴毛，說什麼也要讓他們停下。

「滾開！」尤里西斯釋放一陣聖光，幾隻烏鴉立刻發出哀號，被他拋棄在後頭。

被甩開的烏鴉們大聲嘎嘎亂叫，越來越多同伴往這裡飛來，面對如此盛大的歡迎，尤里西斯知道自己成為阿德曼的眼中釘了。

殺烏鴉並不難，難就難在背後替烏鴉撐腰的主人。現在只要是身上有點太陽神魔力的人都是牠們的敵人！

就在此時，一道巨大的黑影竄到半空揚起翅膀，遮住了月光。

那是一隻跟成年人一樣高的巨型蝙蝠，牠的翅膀攤開足足有兩公尺長，其身形恐怖駭人，宛若一隻從地獄來的惡魔。

惡魔蝙蝠從空中俯衝而下，越過尤里西斯的身旁襲向烏鴉。數十隻蝙蝠也跟著從四面八方冒出來，撲向這群不速之客。

尤里西斯愣了愣，雖然他見過的怪物很多，但從沒看過這麼大的蝙蝠，巨型蝙蝠的動作迅如閃電，瞬間就咬住一隻烏鴉，烏鴉被利齒貫穿，掙扎幾下便沒了氣息。

其他烏鴉們氣憤得嘎嘎亂叫，但是在大蝙蝠的死亡凝視下，烏鴉很快便選擇撤退，瞬間散個沒影。

斑斑似乎嚇到了，一路拔腿狂奔，可偏偏這群蝙蝠還追了上來，這讓斑斑很恐慌。

「噓，沒事。」尤里西斯連忙安撫，「牠們不會傷害我們。」

在他們跑到林木稀疏的農地後，蝙蝠們也停下來，躲在樹林中注視尤里西斯與他的馬。

尤里西斯還以為這隻蝙蝠會變成吸血鬼跟他打招呼什麼的，看樣子真的是一隻野生放養的蝙蝠，這些小動物都是吸血鬼的忠誠使魔。

烏鴉們在艾路狄領地鬧事、隱居於森林中的大蝙蝠都出面維持秩序，可見情況已經亂成一鍋粥了。

尤里西斯的面色愈發凝重，他有點懊悔成為聖騎士長，如果他不是聖騎士長，當下就能跟著伊凡離開，或是帶他逃走。這件事發生得太突然，當他趕到現場時，伊凡等人已經消失了。

想到這裡，尤里立刻快馬加鞭往艾路迪宅邸衝去。

「伊凡呢？他回來了嗎？」尤里西斯一抵達宅邸，緊張地見人就問。

「少爺回來了，正在臥房休息。」被攔路的僕從一看到他，頓時喜出望外。「少爺傷勢不輕，但人沒事，多補充一點營養就能恢復了。」

尤里西斯點點頭，立刻來到伊凡的臥房前。

「少爺，您確定這時候要出門嗎？老爺剛剛才交代您要多休養幾天。」霍管家悶悶的嗓音從門後傳來。

「薩托奇斯領地的幻影結界破損了，我要是再不過去，就有一群人要舉著火把來搶劫了。你讓托姆挑十五個可以戰鬥的人過來，他們要暫時待在那裡。」

「您可以跟夫人商量啊！您要是把剩餘的魔力拿去修補結界，您的傷何時才能痊癒！」

「我已經痊癒了，這件事也不可以跟媽媽說！要是被媽媽知道我們又要幫薩托奇斯家收拾爛攤子，她會衝過去把阿德曼宰了！」

他可沒在開玩笑，當年格里芬・薩托奇斯就是這樣被趕走的。

伊凡邊走邊交代：「我過兩天就回來，要是尤里來了，就說我在靜養不便見客——」

話音未落，伊凡便撞上一個胸膛，他哀嚎一聲，摸了摸被撞疼的鼻子，目光瞬間凝滯。

「已經來不及了，少爺。先補一補身體再走吧，記得把您的血奴帶上。」霍管家笑吟吟地給了尤里西斯一個讚許的眼神，迅速收拾好空碗走出臥房，守在門外的僕從趕緊關上房門，整個過程不到十秒，留小倆口在房內面面相覷。

「你在靜養，不便見客？」尤里西斯慢條斯理地重複伊凡的話。「才不到一天，就把我當成客人了？」

伊凡悻悻然地別開目光，他實在不知該怎麼面對尤里西斯，想了半天才吐出一句話：「神殿還好嗎？」

「很好，無人受傷，也安撫好民眾了。我們會仔細調查凡納育幼院院長，不必擔心。」

聽到這裡，伊凡鬆了一口氣，要是又讓那個院長全身而退，他會想打人。「那就好，別讓那個院長逃了。育幼院的那些孩子——等等你幹什麼！」

他話還沒說完，便感覺到雙腳一輕，被聖騎士輕而易舉地抱起來。

「你的傷還沒好，先好好休息。」尤里西斯把他抱到床上，焦急地檢查起他的傷勢。「有被劍砍到嗎？聖火術有在你身上留下傷痕嗎？要多少血才會痊癒？」

伊凡懷疑有人偷偷拿電擊器電擊了他的心臟，不然怎麼會跳得這麼大力，都快心悸了。

「我沒事，就只是輕傷而已，這點小傷隔天就痊癒了。」

由於事發突然，伊凡來不及好好穿著打扮，現在的穿著可說是相當隨便，他穿著寬鬆的棉質襯衫與黑褲，馬尾還束得歪歪的，幾撮呆毛翹在頭頂上，配上那張難掩驚慌的表情，活像睡到一半被襲擊的小少爺。

要是他沒來，伊凡打算就這樣出門嗎？他受了傷，魔力也耗盡了，還想拖著這具身子去修補隔壁鄰居的結界？

「我真的沒……事……」

伊凡越說越小聲，尤里西斯的目光有些可怕，直覺叫他最好先安分點。

「我沒想到……會發生這種事，我應該聽你的話，把他強行拖走。」

伊凡說完，得不到回應，只好再度開口：「下午的遊街活動是不是取消了？神殿那邊有對你說什麼嗎？」

「……」

「你說句話啊。」

眼前的聖騎士像是洩了氣的皮球，雙腿一軟跌坐在地上，突如其來的舉動把伊凡嚇得不輕。

「你怎麼了？還好嗎？」

尤里西斯的下巴放在他的膝蓋上，模樣就像一隻受盡委屈的大狗，只差耳朵沒垂下來了。

「我一點也不好。」

聽到這個回答，伊凡心裡有點泛酸，他忍不住將手放到那頭金色毛髮上，輕輕揉了揉。

「遊街活動取消了、一堆人想找我要個答案，老師不在了，沒人能教我這時候該怎麼做。」

這還真是新奇的情況，伊凡心想。《吸血鬼帝王》裡的尤里西斯總是默默承擔痛苦，連號稱治癒泉源的聖女也無法瓦解他的城牆，可這個尤里西斯倒是老實，自己默默敲碎城牆，把脆弱的一面攤給他看了。

「我其實什麼也不想管，只想跑去找你。」但他不行，因為已經沒有人會擋在他前方了。聖騎士長的職責化為鐵鍊，緊緊將他綁在原地，尤里西斯別無選擇，只能留在原地收拾善後。

「我已經用最快的速度處理了，現在我什麼也不想管，伊凡，我只想知道你是否沒事。」

伊凡感覺心臟被掐了一下，有點疼，好像只有抱抱這個人才能治好。

所以他真的這麼做了。

他把人從地上拉起來，拍拍床側，示意對方坐上來。

在尤里西斯面帶猶豫地坐到他身旁時，伊凡張開雙手，一把按住那顆毛茸茸的腦袋，強迫這個小他一歲的男人低頭埋到他的頸窩。

「我沒事啊，這不是有你在嗎?就算受了傷、魔力乾枯了，只要咬你幾口，又能滿血復活。」

在聖騎士伸手回抱他時，伊凡感覺好多了，心底那些鬱悶與愧疚的情緒也一掃而空。他很慶幸尤里西斯有跟他坦白。

「我可以檢查你的傷勢嗎？」

伊凡現在中了「尤里好可愛」魅惑術，不管尤里西斯說什麼，他都忍不住點頭。直到那隻不安分的手解開他的襯衫釦子時，伊凡才猛然回過神。

「你幹什麼？」

伊凡嚇得立即按住鬆開的衣釦，往後挪了好幾步。

「我想知道你有沒有受傷。」尤里西斯無辜地為自己辯解。

伊凡愣了愣，開始反省自己過於大驚小怪了。以前在醫院時不也是任醫護人員們檢查身體嗎?重生為吸血鬼後，平日也都是由僕從協助穿衣沐浴的，怎麼現在搞得好像尤里西斯想非禮他一樣。

伊凡越想越慚愧，他輕輕應了一聲，主動解起衣釦。

他忽然覺得聖火術不算什麼了。眼前這個人的凝視比聖火術還要灼熱，光是輕輕掃過一眼就快把他燒穿了。

在他解開所有衣釦，微微敞開衣領時，聖騎士的眼神變了。

他目光沉著地盯著伊凡纖瘦白皙的腰腹，那裡有好幾塊灰燼色的燙傷。

「只能靠吸血鬼的治癒力修復嗎？」尤里西斯感到越發心疼與懊悔，他應該親自送伊凡回去的。

「你的腳是不是也燙傷了？我看看，還好嗎？」

尤里西斯一心只想把他從頭到腳好好翻一遍檢查，他一把抓起伊凡的腳踝，下秒立刻被手中那滑嫩的觸感和意外嬌小的尺寸吸引。

伊凡的腳丫子十分纖瘦，兩指圈起就能握住，腳指甲像珍珠般圓潤而粉嫩，完全不似手指甲那般銳利，白皙的腳在月光下透著一抹清冷的色調，看起來既脆弱，又有種不可侵犯的禁欲感。

這雙腳平日被紅色的紳士襪緊緊包覆，如今毫無遮掩地暴露在他面前，且不論他怎麼看，

都找不到一絲傷痕，連被蚊子咬的痕跡都沒有。

「我只有腹部有點燙傷，腳沒事。」伊凡緊張地抿著下唇，嗖地一聲收回腳，一手抓著敞開的衣領，一手抱住膝蓋。

尤里西斯點點頭，神情有些古怪。伊凡正想問怎麼了，眼角餘光卻瞄到一處異樣。不是他故意要看，是尤里西斯的手剛好就僵在空中，剛好又轉向他，所以他很自然就瞄到了。究竟是因為尺寸比較大，還是褲子剪裁不好還是布料彈性太好才這麼明顯，伊凡完全不想知道，他的反應就好像突然被人拍了屁股一樣，羞憤地脫口而出：「你幹嘛啊！為什麼……為什麼那裡會……」

尤里西斯僵了一下，從床上站起身，來到他面前雙膝跪下。

「對不起。」他坐得端正筆挺，雙手還放在膝蓋上，表情特別正經，跟猖狂地展示欲望的下半身格格不入，「我不小心有生理反應了。」

伊凡腦海中回想起《吸血鬼帝王》那些香豔刺激的福利劇情，就算看到美女裸體、不小心摸到美女的胸部，尤里西斯也心如止水，連眉頭都不皺一下。若真的有反應，那也不是他願意的，因為他是尤里西斯，一心只想著復仇的男人。

依他對尤里西斯的了解，尤里西斯肯定是那種跟妻子一起決定生小寶寶了，才會禮貌性硬一下的人。可這到底是怎麼回事啊？第一次吸血時也是這樣，吸到一半直接起立，現在根本連吸都沒吸啊？而且誰家好騎士硬了會跪坐在別人面前？要也是一邊道歉，一邊躲到洗手間吧？

「你、你這個……」伊凡狠狠瞪著他，視線在尤里那一本正經的俊臉跟張狂的下半身游移，他結結巴巴了好一會兒，咬牙吐出一句他以為根本不會用在尤里西斯身上的詞：「變態。」

「是，我變態，對不起。」尤里西斯大方坦承，「不要在意我，先吸點血吧，你需要魔力治癒傷口。」

「怎麼可能不在意！而且你、你這樣子我要怎麼吸？」

「是我疏失了，等我一下。」

「等等我不是叫你脫衣服的意思！你不要脫得這麼快！而且脫外套就好了你幹嘛連上衣都脫了啊？」

「你上次不是說，換了新的制服後要先脫掉再咬嗎？不然衣服會沾到血跡。」

「是這樣沒錯，但你也不用這麼……等等你又跪回去幹嘛？」

伊凡瞠目結舌地看著這個男人迅速起身，隨手將嶄新的聖騎士長制服扔在地上，只留一條褲子，隨後又像什麼事都沒發生一樣地跪回他面前。

他氣得忍不住一腳踹在尤里的肩上，誰知這個人踢都踢不走，下面還變得更堅挺明顯了。

「尤里西斯！」伊凡第一次喊了他的全名，急得眼眶都紅了。

「我什麼都不會做的，別怕。」

伊凡微微一愣。

「因為發生得很突然，一時之間處理不來，我又想盡快讓你補充魔力，只能請你先忍一下。」尤里西斯垂下眼簾，他縮著肩膀，像在努力降低自己的存在感。「這些燒傷很痛吧，而且你還有想做的事不是嗎？只要吸了我的血，你就有足夠的魔力應對了。」

聞言，伊凡沉默了一下，雙腳緩緩放回地上。

「不想咬我也可以，我把血滴進杯子裡。你等等先喝一些，我去浴室整理整理。」尤里西斯盯著他的眼睛，聲音比平時還輕，「不管你要去哪裡，讓我陪你吧，別自己一個人。」

「我……我知道了。不用把血滴進杯子裡，給我咬個幾口就好了。」伊凡的耳根還是燙的，他盡力不去看那個地方。他深吸一口氣，努力找回平時的冷靜。

剛才那樣實在太狼狽了，伊凡覺得有些丟臉，但看著毫無尊嚴、打著赤膊跪在他面前的聖騎士長，忽然覺得自己丟的臉好像又沒什麼。

他挑起尤里西斯的下巴，聖騎士沒有任何抵抗，溫順地仰起脖子。

男人的喉結滾了滾，下面的硬挺跟著彈了一下，彷彿在期待什麼，還好伊凡沒有注意到。

他張口咬住聖騎士的脖頸，還洩憤似地加深力道。

血液緩緩流淌而下，滑過飽滿的胸肌，在塊狀分明的腹肌上留下鮮紅色的痕跡。

尤里西斯的血是伊凡專屬的特效藥，那溫熱的血液擁有豐沛的魔力與生命力，才吸個幾口，伊凡就感覺好多了，現在魔力恢復七成，那塊灰燼色的燒傷也以肉眼可見的速度修復中，要不了多久就會消失。

「好了，你快去浴室整、整理一下……」

尤里西斯笑笑地替他抹去唇邊的血，起身離開這裡。

望著那道消失在浴室的背影，伊凡把被子抓過來把自己裹得嚴嚴實實，發出羞恥的低吟。要命。

這個完全不符合原作人設的變態是誰啊？他看的書該不會是假的吧？

＊

半小時後，兩人終於把自己打理好，一同搭上馬車前往薩托奇斯領地。

尤里西斯重新穿回他的聖騎士制服，清心寡欲的模樣完全跟剛才的裸男沾不上邊。伊凡臭著一張臉坐在他對面，對他不理不睬的，尤里西斯花了好一陣子好不容易才把人哄好。

不過話說回來，原來這個人的臉皮這麼薄啊。

尤里西斯想到伊凡那張快嚇哭的臉，心臟猛然跳了一下。

他忽然能理解那些暴露狂的心情了，這很不應該，尤其不該出現在一個聖騎士長身上，可沒辦法，因為對象是伊凡。面對這個人，那些潛藏在內心深處的邪惡念頭總是蠢蠢欲動。

尤里西斯咳了幾聲，趕緊找個話題：「我剛剛在你的迷霧結界裡遭到烏鴉突襲了，是阿德曼下的命令嗎？他人在哪裡？我需要見他一面。別擔心，我不會找他麻煩，只是想聽聽他怎麼說。」

「阿德曼現在還在昏迷中，他的眼睛被嚴重灼傷，現在是失明狀態。」伊凡沒好氣地說。氣歸氣，但他相信尤里西斯不會把這個資訊說出去，任何跟吸血鬼有關的事尤里西斯都會先請示他。「他的身體與心靈受到極大損傷，在神殿還他公道之前，他不會想跟你好好溝通的。」

「那個吸血鬼……失明了？」尤里西斯有些不敢置信。

「差不多。」伊凡嘆了口氣，開始娓娓道來事情經過。

「——事情就是這樣，那個院長為了布魯迪的事對阿德曼懷恨在心，他想要回布魯迪，好完成他的交易。他相信神殿的人都會站在他這邊，所以才敢對阿德曼這麼說。」

「顯然他把這世界想得太簡單了。」尤里西斯喃喃說道，「站在阿德曼這邊的人，比想像中還多。」

阿德曼暴露身分逃走後，有不少民眾出面指責神殿的魯莽行為，尤其是經商的老闆們和平民。雖然很多人對於阿德曼是薩托奇斯家的吸血鬼感到錯愕，可阿德曼確實是個好老闆，他的口碑信用很好，從不拖欠薪資，注重員工權益，把香料事業經營得有聲有色。

所以當阿德曼狼狽地逃走後，害怕香料價格飆漲的商人們對神殿強烈抨擊，害怕工作跟著沒了的平民哭著求情，跟阿德曼是競爭對手的香料商人則趁亂宣傳薩托奇斯家的恐怖，在事發當下，整個神殿已然成了情報戰場，許多人都在懷疑這麼做是否執法過當。

「我承認我之前確實欠缺思慮了，你朋友是個好雇主，他養活了許多家庭。」尤里西斯凝視著伊凡，坦露自己內心的想法：「我必須重新評估他的危險性。」

「嗯，很高興你能從不同角度看待他。」伊凡很喜歡尤里西斯這種老實的態度。「我也承認他確實挺危險的，他是不怎麼善良，也殺過人。可他不是那種一言不合就把對手全家殺光的殺人魔，阿德曼比你們想像中還要守法。」

在他說完後，尤里西斯雙眸微瞇，目光更加意味深長。伊凡知道這番發言很不像吸血鬼，他心虛地咳了幾聲，趕緊轉移話題：「總之，事情就是這樣。你說你剛剛被烏鴉襲擊？你沒把牠們都砍死吧？那些烏鴉很記仇的……」

「沒有，有隻大蝙蝠救了我。」

「你是說那隻跟人類差不多大的狐蝠嗎？那是我們家放養的狐蝠，幾年前在走私犯的貨車上撿到的。牠很聰明，偶爾會幫忙看家。」伊凡推測這群烏鴉應該是聞到阿德曼的血味，所以才如此躁動不安。「那群烏鴉只是一時群龍無首，感到驚慌而已，等牠們找到阿德曼就會平靜下來了。」

尤里西斯嗯了一聲，感覺頭有點痛，一下出現人口販賣，一下又是走私動物，相較之下吸血鬼算是相當守法了。

當他們駛入薩托奇斯領地時，幾乎沒看到一絲薄霧，阿德曼的魔力近乎散去，幾隻狼不懷好意地在周遭徘徊，甚至還有一群不怕死的居民拿著十字弩跟火把靠近。

「徘徊於此處的亡靈，起來吧，」伊凡兩指併攏指向車窗外的廢棄馬車，語速迅如疾風，「向月神證明你們的信仰，獲得昇華！」

在他說完後，幾個躺在廢棄馬車旁的腐爛屍體開始顫抖，他們以扭曲且僵硬的姿態從地上站起來，發出淒冽的悲鳴。

狼群發出忌憚的吼叫聲，人們的驚叫聲此起彼落，這發死靈法術效果顯著，就是在聖騎士面前施展不太好而已。

「幹什麼？沒看過死靈法術嗎？」伊凡有點受不了尤里西斯的目光。「反正你們神殿也不會派人來收屍，我叫他們起來運動一下又怎麼了？」

「我什麼都沒說。」

尤里西斯挑起眉頭，試著不發表意見。就如伊凡說的，吸血鬼跟人類的價值觀不同，信仰也不同。

在死屍的幫助下，兩人順利抵達薩托奇斯宅邸，伊凡一下車立即摸了摸耳邊的光之劍耳墜，他的腳下浮現一道魔法陣，耳墜化為利劍浮現於他手中，伊凡劍指天空，喃喃唸起咒語，一股白霧圍繞著伊凡漸漸形成。

長劍在他手中閃爍著微弱的金光，一股神聖的力量從天而降，化為數千根金絲，鑽入了吸血鬼細密的白霧中。

兩股力量沒有相斥，而是緊密地交織在一起。薄霧籠罩了整個薩托奇斯領地，金絲則逐漸消融於薄霧中，在月光的照耀下猶如星辰般閃爍。

「我第一次看到這種用法。」尤里西斯從未想過吸血鬼的黑夜魔法與太陽神的光之魔法能這樣混搭。

「我跟盧米練習了很多次，我可以只用一半的魔力施展薄霧，剩下的漏洞由盧米補上。」

為了不讓兩邊力量互相排斥，兩張網都需要施術者精準地控制，這並不簡單，也需要得到掌握力量的神的許可，但這個伊凡先不提。

這般大動作立刻引來當地居民的關注，伊凡要求居民把布魯迪找來，隨後便帶著尤里西斯進了宅邸。

「伊凡先生，你怎麼來了？少爺呢？」

薩托奇斯的吸血鬼總管家——費尼看到他來，立刻露出擔憂的表情，他記得自家少爺跟艾路狄家的公子去參加神殿活動了，可現在居然只有伊凡過來。

「你們家少爺出事了，阿德曼受了重傷，暫且沒事，現在在我家休養。」伊凡兀自走向阿德曼的書房，以不容反駁的氣勢對眾人發號施令：「把管理階層找過來，還有布魯迪。我們得立即商量今後對策。」

費尼一臉不敢置信，他看起來滿腹怨言，但身為被轉化吸血鬼的他敢怒不敢言，只能耐著性子趕緊把人找來。

兩人進入薩托奇斯代理領主的書房，這裡放滿了各式各樣的精緻工藝品和金銀珠寶，還有一整排香料瓶，整體裝潢偏向穆赫辛風格，雍容且華貴。

空氣間飄著淡淡的咖啡香，書桌上擺了幾份由穆赫辛語及不知何種語言撰寫的文件，文件又多又雜，卻亂中有序。

儘管阿德曼總是裝出一副紈褲子弟的形象，但他的書房出賣了他，看得出來，這堆得跟山一樣高的文件全都是阿德曼親自處理。

阿德曼喜歡收集精緻的小東西，平日也喜歡到處招搖裝闊。為了應付這些驚人的開銷，吸血鬼平日也很認真經營事業，有時候工作一忙，三天都不睡覺。

至於為何伊凡會知道，因為他也是那個三天沒睡的人，伊凡之前跟他簽了一紙曼德拉草委賣合約，阿德曼利用自家通路販售曼德拉草給穆赫辛人，兩人靠著這筆生意賺了不少錢。

雖然伊凡一直對阿德曼的高額抽成懷恨在心，但無奈薩托奇斯家簽了五十年獨家販售權，想要更換合約還得等到五十年後。

「阿德曼該感謝合作對象是我，換作是加雷特，早就趁這時候把合約撕了。」伊凡一屁股坐到書桌前，開始振筆疾書。

「我們這樣很像要取代薩托奇斯領主。」尤里西斯站在他的斜後方，悄聲提醒。

「被誤會才好，與其浪費時間去報復一個市井小民，不如來阻止想要篡位奪權的吸血鬼。」伊凡笑著回應。

尤里西斯完全笑不出來，在他看來，伊凡選擇了一條最危險的路。

此時，薩托奇斯的管家費尼已經把人找齊了，他沒有敲門，直接推門率領一眾人走進來，看到伊凡坐在阿德曼的位置上，有些人面露錯愕，也有人露骨地把憤怒寫在臉上。這些管理階層都是阿德曼精心培養的人才，論能力跟忠心程度是一等一的，要不是伊凡跟阿德曼關係不錯，早開打了。

「怎麼回事？阿德曼呢？」布魯迪焦急地東張西望，還跑到書桌後方想要找阿德曼藏在哪裡。「阿德曼去哪裡了？他說要回家吃晚飯的。」

「我們在參加晉升儀式時遇到凡納育幼院的院長了。」

聽到這裡，布魯迪瞳孔一縮，臉色慘白起來。

「阿德曼想要收購那家育幼院，可那個院長認出了阿德曼就是帶走你的吸血鬼，阿德曼本想收購那家育幼院，但兩人談不攏，打起來了。我們遭到神殿圍攻，好不容易才逃出來。阿德曼在逃亡過程中受了重傷，現在在我的領地治療。別擔心，他沒有生命危險，但暫時是無法下床了。」

他解釋完後，沒有人敢再對他露出怒容。薩托奇斯領地的管理階層各個都像被判了死刑一樣，有人不敢置信，有人向伊凡投以求助的目光。

他們失去的不是一般雇主，而是吸血鬼雇主。一旦失去吸血鬼的庇護，他們就會受到社會的制裁，或是淪為其他吸血鬼領主的資產。

「我重新布置了薩托奇斯的結界，也派了一些人力到這裡幫忙，你們要加強巡邏，盡可能減少人員進出領地。」

「若真是如此，請讓我們派人去照料少爺。」費尼憂心忡忡地提議，他已經服侍薩托奇斯家族四百年了。

伊凡眼皮一跳，不動聲色地跟尤里西斯交換目光。

「但神殿可不會就這樣放過他。」尤里西斯接過話，表達神殿的立場。「太陽神教無法容忍吸血鬼在聖殿恣意妄為，薩托奇斯家族必須給個交代，否則我們將展開行動。」

儘管尤里西斯在神殿貴為聖騎士長，但他不是只要虔誠拜神就好了。太陽神殿的主要收入來源是信徒的奉獻金，信徒們必須根據自身職業與社會地位來決定每個月要上繳的奉獻金，相對的，神殿也必須以實際行動回饋信徒。例如定期舉辦的祈禱會、聖女賜福等等，而其中最重要的當然就是守護信徒安全。

如果連最基本的信徒安危都保護不了，還談什麼奉獻金呢？他們又不是非營利慈善機構。

「這也是我叫你來的原因，布魯迪。」伊凡的目光落在阿德曼最疼愛的血奴身上。

「你是唯一能阻止這場獵巫行動的希望。你必須跟尤里回到王城，揭發凡納斯院長的罪刑。你要盡可能讓大家相信阿德曼是個好人，這樣神殿才會在輿論壓力下放過阿德曼。」

「神殿不會與行俠仗義的英雄為敵。」尤里西斯毫無感情地附和。

「至於你們，」伊凡指向在場幾位大人。「守護好你們領地和事業，別突然解僱人員或放無薪假，你們要讓薩托奇斯的員工相信阿德曼沒事，不論誰問，一律都說阿德曼身體不適靜養中，不准透露任何內部消息。要是讓我看到市場上的香料價格飆漲到天價，我就請你們來艾路狄領地喝茶。」

尤里西斯很想說，這句話一點威脅性也沒有，還有他們要守護的東西已經夠多了，香料物價就別管了。

明白伊凡是想努力保住他們的飯碗後，現場集體員工感激不已，一時之間竟也沒人質疑自家少爺到底是活是死了，在他們眼中，伊凡就像一個泛著聖光的救世主。

——而他也確實泛著聖光，盧米很盡責地在背後打光。

「……」尤里西斯忽然感到有點心酸，他這飯碗保得多辛苦啊，當年怎麼就沒想過要去吸血鬼領地求職呢？

Chapter.5 吸血鬼帝王

深夜時分，空氣中瀰漫著潮溼的氣味。沒過多久，月神的眼淚便染溼整個森林，花草樹木全都垂下了頭，為祂哀弔。

滿天淚水映在吸血鬼的眼眸中，一眨而過。

「準備好了嗎？」伊凡扭頭看向布魯迪。

「嗯。」男孩揹著輕便行囊，吃力地抱著一疊厚厚的書籍點頭。

伊凡凝視那雙明亮的眼睛，彷彿在他眼中看到了自己。

衣著單薄、身形瘦弱，身體微微發抖，眼中卻流竄著星火。這副命運多舛卻仍緊緊抓著一線生機不放的模樣，跟當年的他很像。

「你要在那裡住一陣子，在這期間，神殿會保障你的安全，你可以放心。」

「嗯……在、在那之前，我可以提一個要求嗎？」

「說吧。」

「我想先去看看阿德曼。」男孩強忍著悲傷問：「是我害了他嗎？如果他沒帶我走，是不是就不會發生這種事了？」

聞言，正在一旁幫忙打包文件的聖騎士頓了一下，一副欲言又止的樣子。

伊凡摸摸男孩的頭，不慌不忙地反問：「聽過法斯瑪侯爵的故事嗎？」

布魯迪搖搖頭，他聽說過這個侯爵，但他隱約察覺到這個名字在這裡是不祥的存在，所以不太敢問。

「很久以前，奧斯曼的開國君主與我們的吸血鬼祖先簽訂了合約。吸血鬼願意割捨一部分森林，並將他們的領地納入奧斯曼王國的版圖，但統治者必須放棄對吸血鬼領土的一切權利與要求。此後奧斯曼的君主便在吸血鬼領地旁建立起一座城鎮，這座城鎮擁有良好的地理環境，很快便發展成具有一定規模的城鎮。」

「隨著時間流逝，王國規模逐漸壯大，開採的資源越來越多，終於有人將念頭動到了吸血鬼的領土上。」

男孩忍不住屏息，他知道接下來的發展。

「他們開採的地方是當地最殘暴的吸血鬼家族——薩托奇斯的領地。法斯瑪侯爵以為他的小技倆能瞞過吸血鬼，殊不知他的一舉一動早落入吸血鬼眼底。當時的吸血鬼領主，也就是阿德曼的爸爸格里芬．薩托奇斯，一夜之間血洗侯爵宅邸，以最糟糕的方式留下了警告。」

「他的手段太過殘忍，驚怒了王國和太陽神殿，當時王國跟神殿集結眾多精銳兵力攻入奧斯曼森林，差點把整個奧斯曼森林掀翻。如今又過了三百年，王國跟神殿的軍事力量肯定有過之而不及，我們打不過的。」

尤里西斯皺起眉頭。在那之前，他一直以為奧斯曼居民飽受吸血鬼威脅，可站在吸血鬼的立場，他們才是受威脅的那一方。

「格里芬把他那個過時的價值觀傳給了阿德曼，就算他沒遇見你，也遲早會發生同樣的事。」

瞧著布魯迪快哭出來的神色，伊凡的嘴角微微上揚，蹲下來與他平視。

「但是他遇見了你。你可以改變他的命運。在這件事上，你比他更有發言權。」

布魯迪沉思一會兒，臉上重新綻放笑容。

「嗯。」男孩用力點點頭，重新找回往日的自信。

伊凡站起身子，朝他伸出手。布魯迪沒有猶豫，牽住那隻蒼白的手，一同離開這裡。

看著兩人的背影，尤里西斯不禁感到有些恍惚。

伊凡大概不知道自己的言行舉止在這個世界有多特別。

就像一筆突兀的顏料抹在畫布上，一看就與這個世界格格不入，卻如此耀眼。

一行人坐上馬車，然而還未駛離薩托奇斯領地，馬車忽然停了下來。

「怎麼了？」伊凡從車窗探出頭。

「少、少爺……」馬夫吞了口口水，顫抖著指尖指向前方。「好像有人。」

伊凡順著方向看過去，確實看到兩個人影。

森森白霧模糊了兩人的身形，一個身形高大健壯、一個高瘦挺拔，身上飄著令人不快的氣味。

尤里西斯主動下了馬車，見狀伊凡趕緊拉住他。

「等一下，尤里，那個人——」

「真高興看到你平安無事，伊凡。」

霧氣猛然向外散開，一名吸血鬼和聖騎士出現在眼前。

吸血鬼的雙眸宛若一抹深不見底的血潭，舉手投足間泛著一股高雅氣質。而站在他身旁的，是許久不見的賈克森。

賈克森嘴角微微上揚，目光炯炯有神，看起來比之前年輕了十歲。

不僅如此，他的站姿比之前穩了，那隻跛腳如今踏實地踩在地面上，看起來毫無大礙。

「老師……？」尤里西斯愣了一下，一時懷疑自己看錯。

「好久不見啊，尤里。」賈克森爽快地舉手打招呼。上一次見面時，賈克森陷入狂暴狀態，看起來像是瘋了一樣，可如今他整個人彷彿被洗滌過似的，看起來精神抖擻。

「這裡可不是你們的領地。」伊凡下了馬車，用冷峻的視線掃向兩人。

「這裡也不是你的不是嗎？」

「我跟你不一樣，我可是——」話音未落，一股看不見的恐怖席捲而來。

那一刻，尤里西斯的心臟狂跳，一股莫名的恐懼從四肢湧入，他發現自己持劍的手在顫抖。

他終於明白伊凡在對抗什麼。

「哇啊啊啊！」年幼的布魯迪受不了這股被放大數倍的恐懼，瞬間抱頭哭著求饒：「對不起、對不起！不要打我！」

「不是我偷的，不是我！」馬夫也扔下韁繩，跳下馬車跪倒在一旁，他的舉動差點害死自己，因為兩匹馬也受到影響，發出激烈的嘶嘶聲，差點踩到他。

伊凡指向馬車，飛速念了一句咒語，男孩與馬夫以及無辜的馬匹們瞬間斷電，陷入昏睡。

「一陣子不見，你還是一樣無禮。」伊凡強忍著反胃感，硬是擠出一個笑容。

加雷特上下打量著伊凡，他挑起一邊眉毛，似乎很訝異伊凡仍能屹立不搖地站在那裡。

「這不是聽說我的兩位好鄰居在神殿惹事，趕緊出來關心一下嗎？」

恐懼感驟然消失，伊凡深吸一口氣，重新站穩了身子。經過上次的洗禮，他比較能從容面對加雷特的情緒強化能力了。但他看得出來尤里西斯還不行，尤里西斯的表情頗為震驚，這是他第一次直面加雷特的情緒強化。

令他疑惑的是，賈克森看起來絲毫沒受影響，原來這能力對己方隊友是免疫的嗎？

「我承認我之前小看你了，伊凡。不過才過沒多久，太陽神殿聖騎士長、月神聖物都跟隨你了，現在連阿德曼也被你拿捏在手裡。」加雷特漫不經心地瞄了一眼手上的傳家戒。「我都不禁懷疑這一切是你策劃的了。怎麼阿德曼剛發生意外，你就出現在這裡了呢？」

「因為我擔心會有老鼠迫不及待地來啃他家的米袋，」伊凡快被他的無恥氣笑了，這傢伙手腳還真快，阿德曼剛出事，他一腳就踏進人家的腹地了。「看樣子我猜得沒錯。」

「彼此彼此吧，艾路狄家的少爺。你不也在第一時間趕來了嗎？」賈克森一手扠在腰間，涼涼地反駁。

「老師，您不是最討厭吸血鬼的嗎？」尤里西斯冷冷回擊。

「你不也對吸血鬼沒好感嗎？」

「您變了。」尤里西斯盯著他的腳。「以前的您不會為了這種事出賣自己。」

那隻跛腳早已被醫生判定以當今醫術不可能治好，能像這樣恢復如初，只有一個可能——賈克森被轉化了。

賈克森過去拒絕過無數誘惑，他年輕時被很多人追求過，也有很多勢力向他拋出橄欖枝，他大可以辭職，跳槽到更好的地方，或是成為貴族享受榮華富貴，可他沒有這麼做。

為什麼突然轉性了？尤里西斯不明白。

對此，賈克森瀟灑地笑了，「那你就錯了，尤里。我一直都沒變。」

「得了吧，像他那種人，不會明白的。」加雷特伸手示意他安靜。

「伊凡，我就問你一件事，」加雷特收起手，目光沉沉地望向伊凡，「你想要成為吸血鬼帝王嗎？」

「嗯？」聽到這個稱呼，伊凡瞬間有點出戲。

「你不會以為這只是一次意外吧？神殿不會放過任何可以拿下吸血鬼的機會，這個國家也是，因為這片森林是奧斯曼王國裡唯一不受王族管轄的地帶。那群王公貴族早就想讓奧斯曼王國晉升為帝國了，他們需要一個理由，就是這座森林。」

在《吸血鬼帝王》裡，尤里西斯解決了這些難題。他打敗三大吸血鬼家族，成為這塊土地唯一的王。

「你身上流著人類王族與吸血鬼的血脈，手持月神的聖物，還跟太陽神殿的聖騎士長建立了良好關係。你是艾路狄家族的繼承人，現在又將殘暴的薩托奇斯家族踩在腳底下，若你成為奧斯曼王國的王，吸血鬼與人類都會服從於你，你將擁有一切。」

聽加雷特這麼一講，伊凡還真的覺得有幾分道理。這確實也是一種辦法，如果他成為新一任的國王，吸血鬼跟人類的衝突也會迎刃而解。

他想守護的奧斯曼森林、無辜的人類和吸血鬼居民還有香料物價都會平安無事，他能為這個世界寫下另一個圓滿的結局。只要他願意。

「要不要聯手呢？如果你想當吸血鬼帝王，我可以協助你。」

聽到這意料之外的發展，伊凡愣了一下。

「不是，我閒著沒事為何要當吸血鬼帝王？」

「什麼？」

不只加雷特錯愕，連尤里西斯跟光之劍也愣住了。

「我對現在的工作很滿意。我的領地富裕，領民也都很聽話。我每天都有很多時間享受人生，為什麼要跑去當一個不知何時才能下班、事情永遠做不完的國王？」

人口販賣、動物走私、資源盜採、還要跟貴族周旋……數不清的問題天天在奧斯曼王國上演，伊凡光用想的就頭痛。他待在醫院太久，看過太多個領著高薪，卻忙到連飯都吃不著的醫生。伊凡（江一帆）常想著，等他出院後，他想要過輕鬆一點的生活。他要既高薪、工作時間短、內容又輕鬆的工作，並將大部分時間都浪費在自己身上。

或許他成為吸血鬼帝王，所有人都能得到圓滿結局，但他不能。

這不是江一帆心目中的完美結局。

他下意識地偏過頭，與《吸血鬼帝王》的主角目光交會。瞧見對方眼裡漾著的溫柔情感，伊凡與他相視而笑。

加雷特以一副悲天憫人的語氣回應：「可惜了，你的心態注定了你這輩子只能達到怎麼樣的高度。」

伊凡聽了覺得很好笑，他可太清楚加雷特的想法，這傢伙從來就看不起人類，還敢說這些冠冕堂皇的話。

「伊凡，我們打個商量吧。阿德曼的領地跟事業歸你所有。日後格里芬・薩托奇斯回來，我也會助你一臂之力殺了他。相對的，不要再插手王國的事了。」

「還真是謝謝你啊，這條件開得比上次好多了。」

「我是認真的。」加雷特受不了他的輕浮態度，原先愜意的神情終於出現一絲裂痕。「繼續你的隱居生活，你的人就不會有事。」

「你是不是當我死了？」尤里西斯冷冷地發問。

「我沒有在跟你說話，人類。」加雷特看都不看他一眼，彷彿連施捨一個目光都是種浪費。

「管好你的血奴，伊凡。如果他學不會血奴的規矩，就不該讓他踏進森林。」

「我也沒有想跟你說話，加雷特。」伊凡別開目光，刻意裝出一副苦惱的樣子。「可惜，要是今天來商量的人是『他』就好了。」

明明沒指名道姓，可聽到這個詞，加雷特頓時神色一沉，空氣幾乎凝結成冰。

「如果合作對象是他的話，說不定我就答應了。我不信任你的為人，但我相信他。畢竟當年他跟我和阿德曼的感情比較好。」

一股看不見的情緒共振猛然襲來，幾乎要將伊凡吹倒在地。伊凡閉上雙眼，試著不讓情緒主宰自己。

他想像自己回到醫院病房裡，醫生告訴他，明天早上要做手術。他很害怕，但沒有時間活在害怕裡。

每一次呼吸都彌足珍貴，每一刻都可能是人生最後一刻。當他離死亡只有一線之隔時，心情反而意外平靜。

伊凡緩緩睜開雙眼，他的呼吸已然平穩，身體也不再顫抖了。

「少自戀了，不是所有人都會被你影響。」

「你……」

望著那平靜無波的雙眸，加雷特愣住了。

這是他生平第一次看到有人成功抵禦心靈操控魔法。

那一瞬間，對未知事物的恐懼與一絲猶豫湧上心頭，被他自己的魔法強化。加雷特暗自咒罵一聲，收回了能力。

他深吸一口氣，露出一個若無其事的笑容，彷彿什麼事也沒發生。

「我給你機會了，伊凡。你最好想清楚，是要合作，還是成為敵人。」

吸血鬼身旁泛起一團黑霧，加雷特與賈克森的身影逐漸消失在黑霧中。他不願承認自己的失敗，在消失前的最後一刻，仍舊以飄渺的嗓音說道：「所有人的性命都掌握在你手上，希望你做出明智的選擇。」

確定加雷特的魔力消散在空氣中後，伊凡瞬間手腳發軟，整個人向後一倒。

同樣手腳發軟的尤里西斯迅速將他拉進懷裡，兩個人跌坐在地上，心有餘悸地看向加雷特消失的位置。

「那是蓋布爾家的領主嗎？他做了什麼？為什麼……」

尤里西斯自認是身經百戰的騎士，他面對過很多強敵，可從沒有一個像加雷特這樣讓他感到如此恐懼。

「嗯，他就是加雷特，我家附近最糟糕的鄰居。我本來沒打算這麼早把他介紹給你……」伊凡嘆了口氣。無論他怎麼做，都無法阻止尤里西斯跟加雷特相遇。

「加雷特擁有一個特殊能力，他可以把在場所有人的情緒放大好幾倍，他總是利用這點為自己製造優勢。」

尤里西斯皺著眉頭，抹去伊凡臉上的冷汗。

「你應該早點告訴我的。他每次都這樣欺負你嗎？」

「不，他公平欺負所有人，包括他自己。」

「如果他再來找你麻煩，記得跟我說。我去跟神殿請求討伐許可。」

眼見尤里西斯是認真的，伊凡連忙阻止：「別衝動，他在城中勢力龐大，跟眾多權貴都有利益勾結。你要是想殺他，全王國都會來阻止你。」

換作是以前，尤里西斯絕對不會相信這番話。但這幾天發生的事讓他不得不承認吸血鬼在城中的影響力。

「那你要跟他結盟嗎？」

「當然不要，我永遠不會選擇跟他結盟。」眼見事情無法再瞞下去，伊凡乾脆破罐子摔碎，全對尤里西斯劇透了：「不要相信他說的任何話，加雷特想要殺死現任統治者，成為奧斯曼首位吸血鬼帝王，所以他才叫我不要插手。我跟阿德曼都是他的眼中釘，他不會讓除了他以外的吸血鬼領主活下來。」

「如果是這樣，那我們可以拉到一個盟友。席夢娜不喜歡任何潛在的王位競爭者，她應該會很樂意跟我們合作。」

「啊？你是說公主殿下？」

尤里西斯點點頭，這個提議讓伊凡的腦袋裡充滿無數問號，這是原作沒有的資訊。

此時，伊凡在布魯迪車伕身上施加的睡眠效果結束了，可憐的男孩跟車伕輾轉從惡夢中醒來，尤里安慰受驚嚇的車伕跟馬匹，伊凡轉身抱起醒來後仍舊吸著鼻子的男孩。「別怕，已經沒人會傷害你了。」伊凡輕撫布里迪的背，他有點心疼，加雷特的情緒放大能力用在這種有過心理創傷的孩子身上，效果特別顯著。「先做幾個深呼吸，對，就是這樣。」

光之劍盧米掛在伊凡耳畔，發出柔和的光暈，吸引了布魯迪的注意。在一鬼一劍的引導下，布魯迪總算平靜下來。

「做得很好，你有當勇者的資質。」伊凡一手抱著他，一手在尤里西斯的攙扶下，回到馬車上。

「什麼是勇者？」

「勇於對抗恐懼之人，就是勇者。」伊凡將他放到一旁，笑著拍拍他的頭。

看著兩人的互動，原本還有些驚魂未定的尤里西斯也跟著放下心。他關上車門，坐到馬伕身旁，親自駕起馬車。

伊凡坐在馬車裡，盯著微微顫抖的掌心，悄悄嘆了口氣。

他真的把劇情改變太多了。原作的加雷特壓根瞧不起伊凡，根本不會來找他合作。如今加雷特有了得力助手，比原作更難纏了。現在阿德曼的事情沒解決，加雷特又來攪和，他簡直忙得焦頭爛額，不知該怎麼辦了。

「伊凡哥哥。他真的是吸血鬼嗎？」布魯迪縮在他身旁，小小聲地開口。

可是他真的被嚇壞了，連吸血鬼都認不出來。伊凡哭笑不得地想。

「你也在薩托奇斯家生活一陣子了吧，是不是吸血鬼還看不出來嗎？」

布魯迪頓了頓，「我以為吸血鬼都像阿德曼一樣自信、強大，或是像伊凡哥哥這樣，好像天塌下來都不會怕。可他……」

「他怎麼樣？」

「他看起來像是從育幼院出來的。」

伊凡愣了。

這在他聽來很荒謬，在他看來，加雷特就是最符合書中描述的那種吸血鬼。高傲、優雅、強大。

彷彿全天下都該被他掌握在手中。

「凡納斯院長常常跟我們說，如果不當個好孩子，就不會有人要你。所以育幼院的大家都會努力裝乖。如果做不到，就會被關進禁閉室，或是被藤條打。所以我知道的，被迫擠出來的笑容是什麼樣子。」布魯迪沒想這麼多，單純說出自己的想法。「就像他那樣。」

如果，真如布魯迪所說，又有誰能強迫他呢？那可是加雷特，蓋布爾的當家主。

伊凡感到些許疑惑。但就在此時，一道無形的超音波穿透車廂。

吸血鬼雙眼一睜，猛然探向窗外。幾隻蝙蝠在上空盤旋，向他通風報信。

「消失了？怎麼可能！」

蝙蝠們七嘴八舌地跟他回報訊息，據說現在滿屋子上下都在找阿德曼，可翻遍了角落都找不到人，真是見鬼了。

「尤里！」伊凡打開車門，半個身子探出車廂外，「阿德曼不見了，加快腳步！」

聞言，尤里西斯一把將韁繩塞回車伕手裡。

車伕一個冷笑，正打算說一句還是得讓專業的來時，一道聖光從天而降，落在兩匹馬身上。下一秒馬匹像打了興奮劑一樣，加速往前衝。

車伕一個驚呼，驚慌失措地看向對馬車施予各種輔助的聖騎士。

這一刻，他總算知道聖騎士跟車伕的差別在哪裡了，同樣會駕馬，但他可沒辦法對馬施予輔助。

*

無數蝙蝠在艾路狄領地的上空盤旋，在大大小小的角落發出看不見的超聲波。除非能化成一團煙霧，否則即使是純血吸血鬼，也逃不了超聲波探測。

阿德曼深知這點，所以他目前仍躲在宅邸裡，只要不踏進迷霧、不踏出屋外，就沒人能探測到他。

何時這麼狼狽過呢？阿德曼諷刺地想。他一手扶著牆壁，一手按著額頭，跌跌撞撞地在偶然摸索出來的密道中前行。艾路狄家是守序善良的陣營，而吸血鬼女王的伴侶是奧斯曼王子，伊凡跟那個聖騎士長又很要好，他們家肯定不會讓他回王城殺人，所以他必須離開這裡。這裡不是他的地盤，一切不在他的掌控中，但只要回到自己的領地就不一樣了，所有人都會贊同他的決定，並且協助他的殺人計畫。

如果布魯迪會傷心，那就別動育幼院就好了。他好不容易才把那個人類養胖，讓他打從心底露出笑容。這是他近期最有成就感的事，比香料事業賺了大錢還有成就感。

只要殺了那個人類，就可以洗刷他的恥辱。要他不動育幼院也可以，他要把那個院長的雙眼挖出來，把他的頭顱扠在城門旗桿上，讓每一個人打從心底對薩托奇斯感到畏懼。本該如此，因為他是薩托奇斯家的人，父親跟他說過，他們薩托奇斯家睚眥必報。

忽然，一個微弱的哭聲打斷他的思緒。

聲音很稚嫩，脆弱得彷彿一掐就斷。阿德曼不由自主地朝聲音來源走去。

他推開一扇暗門，一股充滿生命力的甜美氣味竄入鼻腔。阿德曼愣了愣，心神飄向一個精緻的嬰兒床。

這個房間堆滿了所有美好的東西，柔軟的抱枕、懸浮在空中的紙張、可愛的蝙蝠娃娃，以及艾路狄家的小少爺。

阿德曼還沒見過這孩子，儘管看不到，他依然跑去一探究竟。他透過柔軟的皮膚觸感、帶著甜甜奶香的氣味，一一摸索出小嬰兒的模樣。

一座紙飛機撞到他的手臂上，嚇了他一跳。

他一把抓住紙飛機，揉爛於掌心，對這奇怪的玩意兒感到困惑。誰會把紙摺成這樣？這東西又是怎麼出現的？他可是五感異於常人的吸血鬼，怎麼會沒注意到？

伊里歐發出微弱的啼哭聲，聽得阿德曼十分煩躁。明知自己該趕緊離開，可他卻不由自主地伸出手，將吸血鬼寶寶抱起來。

這世界真是不公平，伊凡跟加雷特都有兄弟，就他沒有。

他這麼一個怕安靜的人，上天卻給他一個冷清的成長環境。他的父母心中只有那片沙漠，從小逼迫他早點獨立，在確認他一個人也可以好好的之後，便拍拍衣袖，重新踏上旅途，留他一個人在這空蕩的莊園裡長大。

蓋布爾家的吸血鬼兄弟如膠似漆，形影不離。艾路狄家的親子關係緊密，除了他以外的吸血鬼都有家人陪伴，阿德曼曾為此抱怨過。

「真好啊，我也想要有個弟弟。但絕不是像你弟這樣。」

「我弟弟怎麼了？」

在已然褪色的玫瑰花園裡，一名年約十歲的男孩回過頭，在記憶深處對阿德曼露出笑容。男孩有著一頭茂密的褐髮與溫潤的紅眸，看起來就像個溫文儒雅的小紳士。

「你還敢問？那個混蛋上次抓著伊凡的衣領口出惡言，還發動了能力，現場一團亂，我勸個架都快被他氣死。」

「加雷特年紀還小，不太懂如何控制力量。我代替他向你們道歉，他不是故意的。」

「他就是故意那麼做的，仗著自己有強化情緒的力量，好幾次故意製造衝突，搞得大家心情都不好。」

當時的阿德曼也是差不多年紀，面對這個總是護著自家弟弟的好友，阿德曼有時候很想打他的頭，看他的腦袋到底清不清醒。

「嗯……我有跟父親提議過，要不要把他送到太陽神殿培養，也許到了太陽神殿，他就學會善良了？」

「啊？」阿德曼感覺腦袋被敲了一下，下巴差點掉下來。「喂，歐米爾，你瘋了是不是？你要把一個吸血鬼送到太陽神殿？」

吸血鬼嘴角微勾，溫柔地笑了。

「在奧斯曼，貴族時常會把他們的孩子送到神殿，或是跟神官聯姻，不是嗎？我們也算奧斯曼貴族吧？為什麼不能這麼做？」

「因為我們是吸血鬼啊，別忘了，我們不屬於王國。喂，你不會是認真的吧？」

那一瞬間，歐米爾沉默了一會兒，發出輕笑聲。

「開玩笑的，我怎麼可能這麼做？」

阿德曼鬆一口氣。

「我只是有點不滿。那些人類貴族的生日宴都很多人，走到哪裡都有人護著他們。他們可以大方做自己，不像我們老是得遮遮掩掩的，進城還得偽裝。」

對他們而言，身為吸血鬼最麻煩的是他們的公民身分不被王國承認，不論是銀行開戶或是在王城置產都需要用其他人的名字，此外他們也不受法律保障，吸血鬼殺人的唯一下場是死刑。不論他們做了多少努力，甚至比任何人都還要守法，只要有人一句你是吸血鬼，他們就會被安上各種罪名，眼睜睜看著自己的努力的成果被他人奪取。

吸血鬼很有錢，他們有千年家業。吸血鬼也很窮，他們有一整個領地要養。除了食物跟住所外，其他資源都來自於奧斯曼王國。

不提其他地區的吸血鬼，對奧斯曼森林的吸血鬼而言，要是沒有奢侈品、當季最新禮服、人類的侍奉、奢華的美酒珍饈，他們會感到生不如死。

「如果王國不承認我們的身分，我們做生意就沒有保障。不管累積多少資產，王國只要打著殲滅怪物的名號，就可以把我們的千年家產奪走。你不覺得很可怕嗎？」

雖然才十歲，但他們這些家族繼承人很早就開始學習經手領地事務，對於這個問題，阿德曼的回答也很務實。

「我們家老早就有在穆赫辛置產了，我父親說雞蛋不能放在同一個籃子裡。」阿德曼覺得杯裡的血液不新鮮，他隨手倒在花圃裡，將銀製酒杯扔到一旁。「沒差吧，改天領地缺錢，我們就去敲奧斯曼城堡的國庫。記得瞞著伊凡，那是他父親的老家來著。」

「不了，你自己去敲吧，我有更想做的事。」

歐米爾眺望著遠方的奧斯曼王城，他的雙眸映著王城繁華的燈火，彷彿在看一個珍貴的寶物。

一陣刺痛從阿德曼的指尖上襲來。

他從記憶海洋中回過神，這隻小吸血鬼竟然正抓著他的食指，用那小小的尖牙啃咬吸血鬼的指尖！

「啊，你這混蛋！我可是吸血鬼，不是人類！」

阿德曼抽回手指，火冒三丈地拎起吸血鬼寶寶的後頸。這小子跟他哥哥完全不一樣，他哥哥什麼血也不喝，他倒是連吸血鬼的血也敢喝！

小寶寶聽不懂他的話，他只覺得剛剛吸的東西味道不錯，咿咿呀呀地朝阿德曼伸直雙手，想要再吸一口。

阿德曼嘖了一聲，正打算把吸血鬼寶寶放回床上時，一個冷漠的聲音從門口傳來。

「你想對伊里歐做什麼？」

淡淡的迷迭香交織著被太陽曬過的棉被香氣，本該是令人心曠神怡的氣味，但阿德曼只覺得很煩躁。

「你說呢？」阿德曼一手抱著伊里歐，一手扠在腰間，笑得恣意而輕浮，「當然是做我該做的事啊。我們薩托奇斯家就是一群狂熱的逐日者。」

明知不能飛得離太陽太近，卻偏要展翅翱翔，燒得轟轟烈烈、粉身碎骨，把整個人間燒成一片煉獄。

「這件事總得有人來做，伊凡。只要我回去殺了那個人類，我的名字會被寫入人類的歷史，我的事蹟會被無數吟遊詩人傳唱。只要我們成為一個揮之不去的惡夢，就沒有人敢來惹我們。」

「哦？是嗎？」尤里西斯舉起長劍，目光冷峻。

「小心點啊，聖騎士。吸血鬼寶寶可是很脆弱的，一絲聖光都承受不了。」

「你不是認真的吧？拿我弟弟做人質，你這是在向我艾路狄家宣戰嗎？」伊凡的雙眸泛著寒光，整個房間氣溫驟降，連飄浮在空中的紙飛機都凍上一層霜。

「不錯啊，伊凡。當年你要是拿出這種氣勢對付加雷特，那傢伙早就被你嚇跑了。」阿德曼發出一聲輕笑。

下一秒，逐日的吸血鬼神色一凜，猛然將手中的嬰兒拋出去。

伊凡瞪大眼睛，他的血液瞬間凝結，身體反射性地撲向吸血鬼寶寶。趁這時候，阿德曼奔向落地窗，以洶湧的氣勢破窗而出。

「伊凡！」尤里西斯下意識地衝上前，一把將吸血鬼兄弟護在懷裡，用肉身擋住飛濺的玻璃碎片。

阿德曼投身於空中，轉眼間又落到了地上。細碎的玻璃碎片映著月光，宛若一對翅膀依附在他身後。

即使看不到，吸血鬼依舊能透過風的流向、森林的氣味辨認出方向。他俐落地在地上翻滾一圈，在他站起身時，突如其來的疼痛迫使他停下腳步。

他好像摔進一盆碎玻璃裡，身上出現好幾道割傷，有的尖銳物甚至嵌進他的皮肉裡，只要他向前一步，身上就會出現更多傷痕。

阿德曼愣了愣，隨手一揮，將一片碎玻璃撈入手中。

沒有風、沒有殺氣，什麼都沒有，時間好像靜止了一般，大大小小的玻璃碎片在他身周閃耀，彷彿忘記自己被地心引力拉扯的事實。

方才的違和感再度湧上心頭，阿德曼猛然回過頭，雖然看不見，但他察覺到了，那股違和感的源頭。

「啊、啊。」吸血鬼寶寶指著阿德曼，在哥哥的懷中咯咯笑著，眼裡流動著淡淡的紅光。

小伊里歐剛吸完血，渾身是勁，雖不明白發生了什麼，但他感覺哥哥好像想留住那個人，所以他就做了。

他派了軟綿綿蝙蝠公爵、紙飛機騎士、玻璃士兵，流了好多血……等等，他這不是還餓著嗎？才吃到一半，食物怎麼可以自己跑了？

「哇啊啊……」

伊里歐嚎啕大哭，派出更多玻璃士兵，年幼的吸血鬼寶寶還不會控制魔法，讓他的哥哥跟哥哥的血奴都飄浮起來。

「這、這不是浮空魔法嗎？伊里歐你是天生的魔法師啊，太厲害了！」伊凡興奮得臉都紅了，大部分的魔法師只能操控元素魔法，某些特殊魔法是需要一點天分的，譬如浮空魔法和時間魔法。一般人根本感覺不到時間在流逝，也不知道有地心引力存在，這種看不見的魔法才是最困難的。

阿德曼嘗試運用視覺以外的五感預知危險，可沒有一個感官能感受重力，明明對象只是個小嬰兒，他卻慌了。

這種天真無邪的對手反而是最難纏的，他感覺不到殺意，也無法預料對方下一步會怎麼做，最重要的是，他什麼都看不到！這些碎玻璃究竟有多少？前方還有其他障礙物？

阿德曼摀住自己的眼睛，試圖硬闖過去，但才剛邁出一步，便有人拉住了他的手。

「阿德曼，不要去。」

那是一隻男孩的手，很纖細，也很脆弱。為了阻止這個人，他撥開層層碎玻璃，弄得滿手是血，可他不在乎，他甚至可以為了這個吸血鬼獻出自己的心臟。

「我會替你復仇的，如果你想親自殺了他，我就把他騙來領地，到時候你要怎樣都行。拜託你不要去王城殺人。我也會努力讀書學習，成為你的眼睛，所以……拜託你別去。」

阿德曼想甩開那隻手，但他發覺他做不到。

他能感覺到一抹光與暗摻雜的魔力氣息，伊凡就在這附近，他什麼時候帶著布魯迪回來了？

「伊凡哥哥說，如果你跑去王城殺人了，神殿會討伐你的……你比誰都好，不該是這樣的結果。」布魯迪抱住他哇哇大哭，「當初是你救了我，這次換我來救你，好不好？」

「……」

「你就同意吧，事實上你也只有這個選擇。」伊凡飄在空中涼涼地說，身後的聖騎士也跟著點頭。

阿德曼很清楚，只要他說一個不字，這兩人就會聯手把他打暈，再加上伊凡那弟弟見鬼的魔法，他毫無逃脫的可能。

他還能說什麼呢？

「知道了，隨你們便。」阿德曼一手抱起布魯迪，沒好氣地說，「這次是我輸了。」

神奇的是，這明明是件屈辱的事，他卻覺得不像之前那麼樣憤怒了。

他嗅到吸血鬼寶寶柔軟的氣味，內心冷笑一聲。那種小怪物哪裡好了？就算長大了也是個麻煩精，還不如他手中這個乖寶寶。

阿德曼忽然能理解父親離開的原因。格里芬・薩托奇斯一直都是獨行俠，脾氣暴躁、聽不進任何人說的話，可這樣的人卻跑去死亡沙漠，跟一群同類過著艱苦的游牧生活。

是不是因為他也明白了，有人站在自己身邊的感覺很好呢？至少他是這麼想的。

Chapter.6　告白沒那麼容易

在那之後，整個王城議論紛紛。人們分成兩派，一派堅持神殿要出兵討伐阿德曼，一派則堅持擁護阿德曼。

擁護阿德曼的人多半是曾與他實際接觸過的居民，或是在他的商團裡工作的員工，這些人堅稱阿德曼是平易近人的好吸血鬼。另一派則認為阿德曼在神殿的所做所為充分反映了他的殘暴性格，要求神殿負責。

可不論如何，所有人都認同一件事——神殿的管理成效不彰。

這些吸血鬼是怎麼混進晉升儀式的？明明吸血鬼就在神殿，卻還讓他跑了。這是不是意味著新任的聖騎士長能力不足呢？

近日以來，這些謠言不斷紛擾著尤里西斯。

為了平息風波，他把那個被吸血鬼綁架的孩子帶回來了。

得到消息後，報社記者們紛紛衝到太陽神殿，他們本來以為會看到一個骨瘦如柴，脖子上還有兩個洞的受虐兒，結果出現在眼前的卻是一個臉色紅潤，身上毫髮無傷還帶著甜笑的男孩。

那一瞬間，記者們面面相覷，一片鴉雀無聲。幾名早就知情的記者們則振筆疾書，趁著這次機會把之前被壓下來的新聞報導全灑出來了。

布魯迪，一個之前無人關心的孤兒，一瞬間成了全國的關心對象。當他如泣如訴地控訴在育幼院的經歷，以及後來到吸血鬼領地後吃得多好時，風向在一夜之間轉變了。

人們紛紛指責起凡納育幼院，但兩天的時間已經夠讓育幼院把證據銷毀了，他們交出造假的帳簿、宣稱布魯迪說謊。那些從育幼院「領養」孩子的監護人紛紛站出來幫院長說話，那些已經被收養的孩子也不敢說話，他們不像布魯迪一樣，背後有強大的吸血鬼幫他們撐腰。

但不要緊，以布魯迪為開端，那些早想幫阿德曼說話的人也趁這次機會紛紛冒出頭了。

「之前就想說了，凱利德先生對人很好的。」

「照報導來看，阿德曼．薩托奇斯不過是個剛滿二十出頭的年輕吸血鬼，三百年前的事他根本沒參與不是嗎？」

「他還請我喝過酒呢！」

人們議論紛紛，有人站在吸血鬼這邊，也有人站在院長那邊，神殿也心安理得地暫時先擱置討伐吸血鬼計畫。

布魯迪暫時被安置在神殿接受保護。神職人員們很照顧他，布魯迪也很配合，就是有些無精打采，他依舊維持三餐吃素，每天晚上都跑到院子裡發呆。

「很高興看到你選擇一條跟賈克森不同的路。」白日樞機在會議結束之後，對尤里西斯微微點頭，蒼老的臉上帶著一絲對尤里西斯的讚許。

剛剛宣布暫緩計畫時，白日樞機明顯鬆了口氣，因為討伐吸血鬼需要太多錢了，裝備要錢、武器要錢、醫療藥品要錢，要是聖騎士死了他們還得出撫卹金。而且還有一個大問題，他們的曼德拉草又斷貨了。

本來要花比以前多一點五倍的價格跟其他藥草商人買曼德拉草，已經夠慘了，現在更是直接買不到。曼德拉草供應商表示目前缺貨，問他何時會進貨，他也只留下一個不確定的答案。

明眼人都知道缺貨的原因，還不是因為神殿又惹毛艾路狄家了。那天跟著阿德曼一起逃亡的吸血鬼就是艾路狄家的繼承人伊凡·艾路狄。人家也沒幹什麼壞事，就是拿了個假身分混進來觀禮，結果又又又被打了。

哪個吸血鬼會三番兩次被敵人打，還把藥品賣給敵人，怕不是腦袋被狗啃了。

「尤里西斯騎士長，聽說你認識路德先生。」白日樞機日理萬機，早就聽說尤里西斯在晉升儀式當天曾邀請吸血鬼去辦公室喝茶的事，但礙於顏面，他不好直接說伊凡的本名。「可以請他有空過來喝茶嗎？別誤會，我們只是想針對上次的事跟他道歉。」

在巴澤爾國王的監視下，他們也不可能討伐艾路狄家，為此只能講求和平策略。

「可以。」尤里西斯點點頭，樂見其成。

「那太好了，我會請艾蕾妮寫一封邀請函，麻煩你轉交。」白日樞機看起來有些疲憊，他大概也沒想過打兩個吸血鬼會造成如此多影響。最近砂糖跟藥草都在漲價，他想喝一杯加糖的紅茶或花草茶放鬆都難。

尤里西斯除了處理阿德曼跟伊凡的事情以外，加雷特的事也沒落下。他回神殿查了很多資料，閱覽幾十本關於吸血鬼的文獻。即使他書讀得不算少，可從沒聽說過類似加雷特那樣的能力。

伊凡也不清楚那是不是一種魔法，畢竟這個世界對魔法的研究還不算透澈。

「這件事算是處理得差不多了，辛苦了。」白日樞機輕拍他的肩。

這陣子尤里西斯的努力他都看在眼裡，從事情發生後，尤里西斯就沒閒下來過，這陣子幾

乎都窩在神殿處理堆積如山的工作，連黑眼圈都出來了。

可儘管如此，他的努力仍是不夠。神殿本月收到的奉獻金比上個月少了三成，阿德曼大鬧聖騎士長晉升典禮的騷動大大影響了人們的信仰。

「尤里，我們期待的聖騎士長是能引領民心、宣揚神的榮光的。我明白你突然要接下賈克森前騎士長的職務，肯定會有一段陣痛期，但我一直認為，你是能做得更好的人。等等我的副官會給你幾份近日活躍的魔物資料，你自己斟酌。」

「我無法參與，交給別人吧。」尤里西斯的語氣很冷漠。「現在不是屠龍的時候，有吸血鬼想對王城不利，我必須鎮守在這裡。」

白日樞機搖搖頭，嘆了口氣。「你覺得這真的值得嗎？光是砍薩托奇斯的小吸血鬼幾刀，就有一堆人抗議了。何必做這種吃力不討好的事呢？這件事你請艾路狄家的少爺多關照一下就好了。」

「……」

尤里西斯用沉默代替回答，他回到辦公室，著手撰寫關於凡納育幼院的信件。

他從白天忙到黑夜，回過神來，桌上的花草茶已經涼了。正當他準備再沖一壺時，有人造訪他的辦公室。

「我來送邀請函了，尤里騎士長。」

王國聖女帶著溫婉的笑容站在門口，身後還跟隨兩位女神官。

事實上，這種小事用不著聖女親自出馬，只是這次事關重大，他們必須請神殿的門面出來處理。他邀請聖女入座，順便請她一起喝新泡的花草茶。

艾蕾妮盯著香氣四溢的茶，似乎察覺到什麼，嘴角的笑意更深了。

「路德先生還好嗎？」

「受了點傷，但很快就恢復了。」尤里西斯坐到聖女對面的沙發上，微微頷首。「謝謝妳。」

伊凡有跟他解釋自己是如何逃離神殿的，當時伊凡得到一名女神職人員的幫助，他猜這應該是艾蕾妮的人手。

「不會，寫信而已，小事一件。」艾蕾妮心神領會。「希望路德先生能原諒神殿的魯莽，我們本意並非如此，給他添麻煩了。」

兩人公事公辦地寒暄幾句，尤里西斯也不可能在這時問她跟伊凡是什麼交情，鑒於艾蕾妮無法在這裡待太久，尤里西斯抓緊時間問道：「妳有聽說過能讓情緒放大的魔法嗎？」

「嗯？」艾蕾妮愣了一下，低頭思索起來。「沒聽過呢，具體是怎樣呢？」

「是一種看不見的範圍魔法，只要站在施術者附近，被施術者當下的情緒就會放大數倍。」

「這個魔法是誰都可以使用嗎？」

「不，目前只知道有一個人可以使用而已。」

「如果是這樣，那有可能不是魔法，而是他被賦予的神權。」

「神權？」尤里西斯呆滯在原地，他從未想過一個吸血鬼可以被賦予……嗯，神權？

「嗯，神為了管理世界，偶爾會將他們的力量賜給中意的人，最常見的力量就是神諭，被神選中的人可以聽見來自上位世界的聲音，這就是神權的一種。」

「那其他種類的神權呢？」

「路德先生也有，那把光之劍就是他的神權。大部分的神權會在被授予者死後消失，但也有的神權會透過其他形式流傳下來。」

尤里西斯記得，伊凡說過他們唯一會信仰的神只有月神，但月神的存在感薄弱，雖然借得到力量，但感受不到祂的存在，不像太陽之神，光是踏進神殿就能感受到祂的靈性。

「你說的那個情況，很像初代聖女的神權。初代聖女擁有鼓舞人心的力量，她能讓士兵獲得無人能擋的士氣，也能讓絕望的人們瞬間燃起希望。」

「那不是她的人格魅力嗎？」尤里西斯愣了，他記得書上是這樣寫的。

「也許部分原因是如此，但聖女大人有在日記上提過……她動用神權說服眾人，她稱這個能力為『心靈共振』。」

艾蕾妮悄聲回應，這個資訊量太大，讓尤里西斯一時說不出話。

「我只知道這麼多而已。在初代聖女之後，再也沒有其他聖女擁有這個能力。少數聖女就算擁有神權，大多數也只是獲得『神諭』而已。」

聖女是人選出來的，不一定擁有神權。偶爾有幾任聖女獲得神的青睞，進而得到神權，但擁有神權的聖女屈指可數。

「妳是那個少數，對吧？」尤里西斯直白地發問。

在場的兩位女神官都是艾蕾妮的心腹，她們垂下眼簾，裝作什麼也沒有聽到，艾蕾妮則笑而不答。

她沒有否認，只是輕聲地表示：「希望你能保護路德先生，他很特別。我在他身上感受到兩個神明的神權。」

「……什麼？」

要說是哪兩位，肯定就是太陽與月亮了，但這有可能嗎？兩位神祇都挑中了同一人？

「一般而言是不可能發生這種事的。因為被賦予者會不曉得要聽從誰的命令，但路德先生似乎沒這種問題，他……」

「他一直很清楚自己該做什麼。」

尤里西斯忽然解開過去的某些疑惑了，例如伊凡為何會跑去森林東邊救貝莉安。吸血鬼肯定掌握了某些資訊。

他看著桌上的邀請函，頓時按捺不住了，他得去找伊凡，至少必須讓伊凡知道加雷特疑似擁有神權的事。

＊

在阿德曼越獄事件後，萊特多派了幾個人監視阿德曼。這個桀傲不遜的吸血鬼這次終於肯乖乖配合，不再到處亂跑，配合醫生動手術。

手術過程非常順利，這令伊凡有點意外。萊特向一些同行表示自己需要幫忙，結果一堆醫生都來了。萊特在醫學界的名聲很好，很多人都願意幫一把。再加上手術對象是吸血鬼，有些人還為此特別興奮，畢竟能研究吸血鬼的機會不多。

一個小小的手術，奧斯曼王國大半的醫生都來了。算一算也過去三天了，多虧吸血鬼該死的治癒力，阿德曼現在除了眼睛，其他地方都恢復得差不多了。伊凡抱著戰戰兢兢的心情過去，可當他推開房門時，卻看到一副意外的景象。

阿德曼站在窗邊，他的指尖放在窗戶玻璃上，神情看起來意外地平靜。

「伊凡。」吸血鬼嗅到自家兒時玩伴那淡淡的草木香氣，頓時轉過頭來。「你在那裡嗎？」

伊凡一時回不過神，也就是這點恍神的時刻，阿德曼已經朝他走過來。

雖然眼上仍纏繞著繃帶，但吸血鬼對環境的感知一樣敏銳。

伊凡仰頭看著他，莫名感到一絲緊張。他想到那個旖旎的夢境，身體頓時變得有點僵硬。

「你好一點了嗎？」

阿德曼沒有回答他，只是兀自朝他伸出了手。他的指尖碰觸到伊凡的臉頰後，就這麼停在原地。

「你不會走對吧？」

他的聲音很輕，帶著一絲不安。阿德曼鮮少會這樣，他總是一副天塌下來也不怕的模樣，但江一帆跟伊凡都能一眼看穿他的恐懼。

伊凡想到《吸血鬼帝王》的內容。

阿德曼失明後，變得自暴自棄，整日把自己關在薩托奇斯宅邸，在那期間，伊凡跟尤里西斯起了衝突，待阿德曼發現時，艾路狄一家已經葬送在聖騎士手上。

在那之後，阿德曼發了瘋似的每次見到尤里西斯都要殺了他，最後還是被尤里西斯制伏並帶回神殿，亡於烈日之下。

在接受太陽洗禮的那三天，阿德曼在想什麼呢？

當他得知伊凡死去時，有感到一絲愧疚嗎？

伊凡心想，恐怕他是永遠無法得知了，這是一段已然消失在時間洪流裡的故事，終有一天，這個身體殘留的情感會逐漸消失，那個伊凡將再也不會回來。

但現在——

「我不會走的。」

伊凡握住吸血鬼冰涼的指尖，聲音溫柔而堅定。

「因為我很喜歡你，所以不會拋下你的。」

當他將喜歡這個詞說出口時，一股泫然欲泣的感覺湧上心頭。伊凡眨眼擠去眼角的淚水，感覺像自己吃了一塊黑巧克力，苦澀與甘甜交織，形成一股令人難以忘懷的滋味。

僅存的愛意化為一滴眼淚，從伊凡的臉頰滑落，無聲無息地落在地上。

這就是最後了，江一帆（伊凡）心想。

那個伊凡一直想說這句話吧，只是找不到一個好時機。他害怕破壞現有的關係，一直不敢說，所以江一帆替他說了。

這份喜歡也說得輕巧，有很大的解讀空間。他相信阿德曼分辨得出來，他口中的喜歡是哪種喜歡，他的態度一直以來都很明確。再說了，阿德曼是個吝嗇的人。他習慣別人為他掏心掏肺，但要自己去掏自己的心，他就不樂意了。

「聽著，我不是不明白你的心情……我也曾有過這種被困在黑暗中，什麼也做不了的無力感。我常常覺得這世界不公平，也認為這樣的痛苦不該發生在我身上。很多次我都痛苦到想放棄……可是如果放棄的話，我喜歡的東西也會跟著永遠消失。」

在病情惡化前，他曾經擁有滿頭茂密的頭髮、偶爾天氣好時也能出去走走。他喜歡剛炸好的薯條、草莓口味的鮮奶油蛋糕、放滿一整杯冰塊的可樂。儘管偶爾才能嘗上一口，但在入口的那一瞬間，他的人生已經添上一道色彩。

在他身為江一帆的最後那幾年，他失去了下床走動的能力、只能戴著毛帽，插著鼻胃管吸收營養。

這樣的人生，值得嗎？如此這般苟延殘喘，又有什麼意義呢？

江一帆不明白，但他心想，如果今天在手術臺上放棄了，就再也嘗不到美食的滋味了。正因為他曾經擁有過，所以無論如何也放不了手。

「不管命運賦予我的生命什麼意義，那都不是我活下來的重點。我是為了追逐幸福而活的，即使命運把我的雙腿打斷，我也會爬向我喜歡的人事物。」

伊凡深深凝視著阿德曼纏繞著繃帶的雙眼，他相信即使再也看不到，阿德曼也能緊緊抓住他想要的東西。

「你不也是如此嗎？我認識的你，每一刻都在追求幸福。要是你跑去王城殺人，你的領地與事業，還有你珍惜的人，都會被捲入這場衝突中，原有的和平生活也會被打亂。這就是你想要的嗎？」

阿德曼沉默不語。

伊凡耐心地等他許久，最後終於等到吸血鬼開口了。

「我想去常去的那間酒館喝酒，我已經好幾天沒去了。」他這話說得沒頭沒尾，跟目前面臨的危機比起來，根本是不重要的小事。

可就是這些極為瑣碎的事物，一筆一畫勾勒出他的美好人生。即使他身為吸血鬼，擁有漫長的壽命，在恢弘的宇宙面前也不過滄海一粟。

「我也想跟你再去一次王城，有很多有趣的地方想帶你去。還有那個機靈的小鬼，我對他的血液滋味感到很好奇。」

還有很多他覺得很好玩但還來不及做的事。他現在看不見了，所以需要花更多時間去體驗。

「我也想品嘗更多那個叫凡納斯的人類的痛苦。要是他就這麼死去，就沒有樂趣了。」

伊凡噎了一下，心想果然還是離不開這件事，他還以為阿德曼把這個人拋到腦後了。事實證明惹到吸血鬼，永遠別想跑。

反正對方也不是什麼好人，只要阿德曼別做出會破壞和平的報復行為，伊凡倒是沒什麼意見。

不論如何，他感覺到阿德曼的戾氣正在消失，這讓伊凡鬆了一口氣。要是阿德曼堅決要去復仇，他還真沒自信能制伏對方。

只有看過小說的他知道失明的阿德曼有多強，這傢伙蒙住雙眼，照樣能跟尤里西斯打個平分秋色，十招躲過八招，都不曉得是怎麼做的。

他沉浸在《吸血鬼帝王》的劇情中，以至於錯過自家兒時玩伴微微揚起的嘴角。

「對了，你剛剛說喜歡我，這是真的嗎？」阿德曼忽然提高音量大聲問道。

伊凡愣了一下，一臉狐疑地反問：「你幹嘛？要是我討厭你，幹嘛還要為你費這麼多心力？」

看這狡猾的笑容，伊凡相信他沒有誤會。這個人平日就喜歡講些黏膩的情話來噁心他，現在更是被他抓到機會。

「那就是喜歡我嘍，果然我還是比那個聖騎士好一點吧，嗯？」

「你說尤里？」

伊凡震驚了。阿德曼居然會拿自己跟一個人類比較？太陽打從西邊出來了嗎？

但震驚歸震驚，重點還是要說的。

「當然是尤里比較好。」伊凡認真地給予回應，「他為人正直、做事可靠，講話也不會像你一樣陰陽怪氣。」

阿德曼噗哧一笑，他傾身向前，湊到伊凡的耳邊，以極輕的嗓音說道：「你這眼睛是比我還瞎了，難道你看不出來嗎？他的眼中充滿了對你的渴望，他想要啃食你身上的每一吋肌膚，想要你張開大腿，哭著懇求他進來。」

這般露骨的言詞打得伊凡措手不及，純情的吸血鬼頓時像煮沸的開水，激動地駁斥：「你不要亂講，你又不了解他！」

他認識的尤里西斯根本沒這種欲望好嗎！這個人不論怎麼撩都一副六根清淨的模樣，是他見過最正直的人了。

「小少爺，你該不會沒咬過他吧？不信你坐在他身上咬他看看，包準你能感受到他的下面有多硬。」說完後，阿德曼忍不住笑了出來：「當然也不排除他有性功能障礙，哈哈哈，那我就沒話說了。」

「他沒有！」伊凡忍不了自家主角被羞辱，不假思索地惱羞否認。

就算《吸血鬼帝王》的作者沒有寫，但尤里西斯身為爽文男主角肯定沒有那方面的障礙好嗎？他只是不想，不是不行！

伊凡好氣，但伊凡不能說。

「你怎麼知道他沒有？喔——我懂了。」阿德曼最後一句話特別用意味深長的語氣，明明瞎了眼，卻一副什麼都看透的模樣。

伊凡像被人踩到尾巴的貓咪，激動得渾身炸毛，「你懂了什麼？說清楚啊！」

「我只是想提醒你一下，怕你傻傻被拐走了。可別給我們吸血鬼丟臉了，吸血鬼向來只有拐人的份，沒有被人拐走的。」

「什麼意思？」

阿德曼笑而不答，拍了拍他的肩，比向他身後。

伊凡一臉莫名其妙地向後一看，當他看到自家聖騎士板著一張臉站在門口時，身體頓時僵住。

他就不明白阿德曼是怎麼發現的，這不是看不到嗎？？怎麼有辦法察覺到尤里西斯來了！

「你、你什麼時候來的？」

想到阿德曼剛剛在他耳邊說的那些煽情言論，伊凡整個人都不好了，要是剛才那些話都被尤里西斯聽到……伊凡覺得自己可以買船票去穆赫辛了。

尤里西斯不想承認自己偷聽，正想著該不該說實話時，阿德曼搶先開口了。

「我想在我問你是不是喜歡我時，他就聽到了。因為在我說完後，他的腳步聲很明顯地停頓了啊。」

聽見這幸災樂禍的語氣，伊凡終於明白了。阿德曼從一開始就聽到了尤里西斯的腳步聲，所以才故意說那些話。

伊凡看看尤里西斯又看了看阿德曼，聖騎士的臉色像被人丟了一團屎一樣難看，阿德曼則一副看熱鬧不嫌事大的表情。

「喜歡這個詞，可不能輕易對別人說，小少爺。」阿德曼輕飄飄地在他耳邊悄聲說道。

伊凡不明白這麼說哪裡錯了，他還對太陽之神說過我愛你呢，說一句很喜歡又怎麼了？這可是前世的爸爸媽媽教他的最強治癒魔法。

「我好像打擾到你們了？」尤里西斯以生硬的語氣開口。

「沒有！阿德曼只是在跟我開、開玩笑……」伊凡盯著尤里西斯那張過分好看的臉，又想到阿德曼剛才說的話，忽然不曉得該怎麼面對尤里西斯。

他可從沒想像過尤里西斯在床上會是什麼模樣，但阿德曼驚人的發言就好像把尤里西斯脫光衣服似的，明明尤里西斯穿著正式的騎士服，該遮的地方都遮得好好的，伊凡卻有種尤里西斯穿上了國王的新衣的錯覺。

他實在尷尬到不行，忍不住別開目光，滿臉通紅地辯解：「別理他，他這個人就愛亂說話。大概是被我用枕頭打到腦袋壞掉了，一醒來就像飆上高速公路講了一堆亂七八糟的話但我沒有信，我說的喜歡也只是在鼓勵他而已。畢竟他傷得這麼重，我總要給他一點力量是他自己亂解讀，我對爸爸媽媽弟弟都說過同樣的話。」

「高速公路是什麼？你學會的新魔法嗎？」阿德曼笑著問，完全避重就輕。

伊凡則是石化在原地，他一時太過緊張，不小心把前世的專有名詞講出來了。

他低頭摀著臉，無力地表示：「拜託你別再說話了……也不想想這幾天都是誰幫你撐著薩托奇斯結界的，給我去書房等著。」

「行，我先去要一點吃的恢復一下魔力，辛苦你啦。」阿德曼點點頭，拍拍伊凡的肩膀走出病房。在越過尤里西斯身旁時，阿德曼還輕佻地對尤里西斯伸出手，想跟他來個擊掌。

「謝啦，聖騎士長。看在你沒有趁我昏迷時把我綁去神殿的份上，過去那些小打小鬧我就不計較了。」吸血鬼大發慈悲地表達善意。

尤里西斯無視那隻手，只冷漠地瞄了他一眼。「別高興得太早，神殿還沒決定對你的處置。」

「哈哈，別傻了，你連你的吸血鬼主人都『處置』不了，還想要處置我啊？」阿德曼大笑著拍了拍尤里西斯的肩膀。

「親愛的，你這可是忘恩負義啊，虧我還幫了你一把呢。」

尤里西斯被這個稱呼噁心到了，他用力拍開阿德曼的手，一副良家婦女被調戲的模樣。

「你做了什麼好事？」

面對尤里西斯凶狠的逼問，阿德曼笑吟吟地回答：「可以問問你的吸血鬼主人啊，你不是他最信賴的血奴嗎？」

「……」尤里西斯感覺膝蓋中了一箭，他知道伊凡有很多事隱瞞他。

阿德曼喜歡看好戲，雖然此刻看不見，他也能從空氣中嗅到幾分躁動不安的氣息，要是給他嘗一口當事人的血液，他還能解讀出更多資訊。

離開前，他還貼心地關上門，徒留自家竹馬跟聖騎士獨自尷尬。

「咳，你那邊還好嗎？案件有進展了嗎？」伊凡強行轉移話題，他的目光黏在曼德拉草上，耳根還是紅的。

「目前席夢娜已經率人封鎖凡納育幼院，凡納斯院長也被限制出境了。」尤里西斯大步走向伊凡，眉頭越皺越深。

「他對你說了什麼？」尤里西斯的聲音帶著一絲忐忑。「我好像聽你們提到我……」

「沒有，你聽錯了。」

伊凡想要厚著臉皮混過去，可惜這招對尤里西斯完全不管用。

「你說我為人正直、做事可靠。比他好……可是你還是喜歡他。」

伊凡感覺到尤里西斯語氣中的急切，有點摸不透尤里西斯的心情，於是與他對上目光。

明明尤里西斯的眼睛是心曠神怡的蔚藍色，伊凡卻覺得他的眼裡藏著一座火山，岩漿正騰騰翻滾著，只差一步就要爆發。

他像是怕燙到似的，想要後退幾步，可病床堵住了他的退路。

「我指的當然是朋友的喜歡，沒有其他意思，類似的話我也對家人說過。」伊凡也不曉得為何要對尤里西斯解釋這些。「況且我只是說，我很喜歡他而已。如果是我打從心底去愛的人，我不會用這種說法。」

「那你會怎麼說？」

「我……」才剛說一個字，伊凡就卡住了。

明明在神的面前都可以自然說出口的一句話，現在面對尤里西斯，他卻發現自己無論怎樣都說不出口。

他的心臟在咆哮、血液在沸騰。伊凡終於明白，這不是一句能輕易說出口的話。

「我……我才不講，你這是在套我話。」伊凡急忙找了個藉口。「我不會上當的。」

「我只是好奇而已，畢竟我們認識一段時間了，可我從沒聽你說過喜歡我。」說到喜歡這個詞時，尤里西斯刻意加重了語氣。

「如果你不想說，我也不會勉強你。但阿德曼跟你說的話總可以跟我透露吧？」

聽到這委屈巴巴的回應，伊凡還真感到一絲慚愧。

「為什麼不敢看我？」聖騎士輕輕捏住他的下巴，強迫伊凡看向他。「他說了什麼？」

「真的沒什麼，他只是跟我開了一些性方面的玩笑，吸血鬼是享樂主義者，大多數吸血鬼都會遵從自我、追求欲望。在他們看來，性行為就跟吃飯一樣正常，沒什麼好忌諱的。但我比較……比較保守，不太能接受這類的玩笑……」

看著伊凡尷尬到不行的樣子，尤里西斯大概知道內容了。像他這種會洗乾淨放到臥室給吸血鬼享用的血奴，在旁人看來，為吸血鬼暖胃之外，肯定還要負責暖床。但伊凡是什麼人？他連吸血都會不好意思了，怎麼可能叫血奴暖床。

那個性格惡劣的吸血鬼八成是「關心」了一下伊凡的欲望有沒有被滿足，以及他的暖床技術有沒有合格。

「所以他開了一個跟我有關的黃腔，是嗎？」

伊凡沉默不語，當作默認了。

「那你是怎麼想的？」

「啊？我當然沒有當真……咳，你是說對這件事本身的看法嗎？」

「對，我也很好奇什麼事你沒有當真。」

聽見這個含著笑意的嗓音，伊凡想要買船票去穆赫辛的念頭更強烈了。

「我並不是那種會強迫血奴奉獻肉體的吸血鬼。這件事跟吸血不同，又不是不做就會死……而且兩個男生做有什麼意義呢？又生不出小寶寶……」

當然，尤里西斯身為後宮文的男主角，生殖能力肯定是一等一的好，百發百中，但即使是他也沒辦法讓男人懷孕的。

「所以你只是不想強迫我，又怕生不出寶寶，所以才不做？」尤里西斯的笑意漸深。

伊凡：「？」

伊凡覺得自己的話被往一個奇怪的方向解讀，他終於開始感到不對勁了。

聖騎士環抱著手臂，狀似漫不經心地回：「我是你的血奴，有什麼需要，儘管跟我說。不論你做什麼，我都不會覺得反感的。」

喀啦。

伊凡心目中完美的尤里西斯形象出現了裂痕。

——他想要啃食你身上的每一吋肌膚，想要你張開大腿，哭著懇求他進來。

——難道你看不出來嗎？

阿德曼邪惡的低語迴盪在他的耳畔。過去那些若有似無的曖昧接觸、每次吸完血後都昂首挺立的反應，還有那灼熱的目光，種種跡象都在告訴他，尤里西斯也許……好像……真的對他挺有性趣的。

「你、你不是喜歡女生嗎……？」

他記得《吸血鬼帝王》的尤里西斯在故事開始前，就跟公主和聖女有曖昧關係，他曾經以舞伴的身分參加公主的成年社交宴會，也曾擔任聖女外出任務的護花使者。結果這兩人竟然都只是煙霧彈？他到底錯過了多少劇情？

「你從哪裡聽說的？」尤里西斯似笑非笑地反問。

「……」

一絲甜美的氣味竄入伊凡的鼻腔，是尤里西斯身上獨有的香氣。

明明才進食過沒幾天，他卻感到一股莫名的饑餓湧上心頭。彷彿有人拿了一塊黑巧克力湊到他嘴邊，誘使他咬上一口。

你知道這東西有多美味，你品嘗過好幾次的。

如果食物本身也渴望被你品嘗，為什麼還要猶豫呢？

他彷彿聽到惡魔在他耳邊低語。

伊凡直勾勾地盯著他的雙眼，不知不覺地做了吞嚥的動作。

聖騎士看著他滾動的喉結，眼中的炙熱更甚，他伸出一隻手，手虛虛地摟住自家吸血鬼主人的後腰。

「餓了嗎?要不要吃點東西?」

他的嗓音溫柔繾綣,尾音微微上揚,如羽毛一般輕輕撩過吸血鬼的喉結。

要命。

「我……我沒餓,我只是忽然想到現在是下午茶時間了,應該討論接下來的對策,對,該去吃對策討論下午茶了,阿德曼還在書房等我,我去叫霍管家準備,沒時間聊天了等等去書房討論。」

伊凡講了一串前言不對後語的結論,隨後朝空隙一鑽,夾著尾巴逃跑了。

尤里西斯愣在原地,他看了看空蕩蕩的門口,默默垂下手。

看樣子他的魅力還不夠,改天得再找萊特殿下好好學習一番。尤里西斯扼腕地心想。

Chapter.7 吸血鬼的金手指

待尤里西斯來到伊凡的書房時，發現僕從們都堵在外面，互相使眼色，他正想問發生什麼事，裡面便傳出了爭吵聲。

「你為什麼要阻止香料漲價？你應該叫你家聖騎士跟大家宣布我死了，這樣不到一天香料就會漲到兩倍，甚至三倍多的價格，等我醒來剛好割韭菜，結果現在好了，你鎮住香料的物價，我要賺什麼！」

「你賺的還不夠多嗎？你又不是不知道，王城的商人最愛跟進時事胡亂漲價，要是黑胡椒漲價了，我的砂糖也會跟著漲！我為什麼要因為你的魯莽掏三倍價格買砂糖？」

「沒有砂糖你不會改用蜂蜜嗎？少吃一塊蛋糕會怎樣？你不是吸血鬼嗎？血液才是你的主食，吃什麼甜食？」

「這句話應該是我對你說。你的香料進口生意已經夠賺了，少吃這塊蛋糕又會怎樣？」

「你的蛋糕跟我的蛋糕能比嗎？怎麼，你的曼德拉草可以漲價，我的黑胡椒就不行？我要去檢舉你逃漏稅，你們家賣曼德拉草賣了這麼多年，有繳過稅嗎？說啊？」

「你也沒有據實上報每年的營業額吧？我也可以檢舉你逃漏稅！」

書房內的爭吵越發激烈，尤里西斯想不聽到也難。他一臉淡定地從僕從手上接過托盤，示意他們開門。

一看到他來，伊凡立刻閉上嘴，別過頭去不敢看他。聽不到他說話，阿德曼也不吵了，還摸了摸下巴，饒富興味地在一旁吃瓜聽戲了。

「先吃點東西吧。」尤里西斯用熟練的姿勢倒茶，並在其中一杯加了兩匙砂糖和一點牛奶。

「我就不用了，吸血鬼不喝那種東西。」阿德曼舉起盛滿血液的酒杯啜飲一口，眼裡的嘲諷意味再明顯不過。

伊凡的反應倒是十分平靜。「這位身體還很虛弱，不能喝茶。」

尤里西斯點點頭，他本來就沒想要倒給某人喝。

尤里西斯決定直接切入正題，不然這兩人還可以為了香料的物價再吵十幾分鐘。

「你有跟他講加雷特的事了嗎？」他詢問伊凡。

吸血鬼身體一僵，默默把桌上的巧克力塞進嘴巴。

「還沒，我想說等你來了再一起講。」

「加雷特？那傢伙又幹了什麼？」阿德曼掏了掏耳朵，表情像是吃到了蒼蠅。

「那天跟你講完話後，我跑去你的領地重建結界，結果離開領地時遇到加雷特。」

「嗯，我不意外。換作是我也會這麼做。」阿德曼點點頭，都是同類，太清楚彼此的想法了。

「他肯定是有把握才會出現在那裡。」伊凡說。

「那就代表不管我是生是死，對他來說都不是威脅了。」吸血鬼停頓一下，道：「我的血奴們還好吧？他有沒有趁機拐走我的血奴？」

伊凡與自家血奴對視一眼，小心翼翼地開口：「是沒有，但布魯迪中了他的特殊能力，當場哭到差點喘不過氣。」

那一刻，尤里西斯感覺到一絲殺意。

他的手放到劍柄上，沉著臉色解釋：「這時候讓他待在神殿，反而比較安全，他的心靈受到損害，神官們可以引領他找回內心的平靜。」

「他居然敢用那下三濫的手段傷害我的血奴？」隱藏在薩托奇斯血脈裡的暴戾因子再度甦醒，吸血鬼站起身子，露出他的尖牙。

「那個小傢伙還在發育中，過度的恐懼有可能會影響到他的血液品質。他不像你，伊凡，他沒辦法好好調節壓力。」阿德曼循著尤里西斯的氣味，轉而對尤里西斯下令：「已經夠了，把他還給我，否則我就衝過去搶，誰敢阻攔我就殺了他。」

尤里西斯淡漠地回應：「如果你一直用這種充滿敵意的態度，我是不會放他走的。」

想要說服薩托奇斯家的吸血鬼，就必須對他分析權衡利弊，伊凡趕緊接話：「你當然可以帶他回家，但眼下你必須跟我們合作。你必須以凱利德的身分主張自己的權益，讓更多人站在你這邊。」

他抓住阿德曼的手臂，認真地問道：「難道你希望發生跟我艾路狄領地一樣的慘劇嗎？」

他指的是賈克森偷襲事件，老聖騎士長當時喬裝成商人混入領地，在人類村莊大鬧一番，還差點殺了伊凡。

「那你說我該怎麼做？」阿德曼不高興地甩開他的手。

「什麼都不要做。別讓加雷特知道你有意願跟神殿握手言和。他要的就是你跟神殿打起來，打個你死我活、兩敗俱傷，所以先交給我處理。等需要你的時候，我會跟你說的。」

尤里西斯知道伊凡肯定有自己的計畫。

伊凡的神權究竟是什麼？他聽得見太陽神的聲音嗎？還是說可以看見未來？

如果他詢問伊凡，伊凡會告訴他嗎？

「怎麼了？」伊凡察覺到他的視線，不太自在地轉頭詢問，他的表情有點緊張，顯然還在介意方才的事。

「我等等有話跟你說。」

聽他語氣認真得彷彿要求婚的樣子，阿德曼高聲諷刺：「喲，我還在這裡呢，你們要恩愛可不可以等我離開了再說？」

「閉嘴，你不要亂講！」

「公主殿下已經找到凡納斯院長藏起來的帳簿了，再過幾天我們就會把布魯迪還給你。」

尤里西斯的目光落在他的鐲子上。「很多人早就知道你是吸血鬼，也有意願繼續跟你合作。加雷特·蓋布爾交給伊凡跟我處理，你回去繼續做你的領主就好。」

伊凡皺起眉頭，他對倒數第二句感到不太高興，但現在跟阿德曼達成協議才是重點。

「我最多只借你三天，若三天後沒看到那小子，我會親自去神殿把他搶回來。」阿德曼身上泛著低氣壓，看得出來他很不喜歡這種處於被動的感覺，但眼下容不得他選擇。「就算他的心情還沒平復也不甘你們的事。我的東西我自己處理。」

在惡狠狠地說完這番話後，阿德曼轉身準備出去，見此伊凡也趕緊跟上。

「我跟你回去，我得穩固一下結界——」

「得了吧，你家血奴還等著為你獻殷勤。」阿德曼揮了揮手，一手摸索著沙發椅背，憑藉著記憶走向門口。「一個小時後直接撤銷你的結界就行，我自己會看著辦。」

伊凡看著阿德曼離去的身影，內心有點慌。

好在現在有更要緊的事要做，他可以假裝剛才在醫務室裡什麼也沒發生。

「加雷特不關你的事，你不要接近他。他不是你能應付的對手。」

「因為我沒有神權嗎？」尤里西斯靜靜地反問。

「什麼？」

瞧著伊凡一頭霧水的反應，尤里西斯解釋：「有些神會將自身的一部分力量賜予給凡人，那份力量在神殿稱為神權。你的光之劍就是太陽神的神權之一。」

伊凡愣了愣，他還是第一次聽說這件事。

月神的聖物竟然是太陽神的神權？他有點意外，但好像也能理解，若沒有太陽，月亮也無法發光。月神殿就是靠光之劍的力量運轉的。

「阿德曼．薩托奇斯應該也有神權，就在他手上。阿德曼擁有能夠抵禦陽光傷害的聖物，你擁有蘊含著無窮太陽神力的聖物，加雷特八成也有個聖物，他的能力跟初代聖女很像。」

這又是一個《吸血鬼帝王》沒透露的資訊。

「初代聖女……」伊凡細細咀嚼這個名字，隨後陷入深思。

也就是說，他所認知的這些外掛都是神賜予的，且它們都有一個媒介。如果他可以把這個媒介跟加雷特分離，事情會容易許多。

可是加雷特身上有固定配戴的配件嗎？

伊凡忽然覺得很頭大，加雷特這個人總是喜歡精心打扮，穿著很符合吸血鬼的刻板印象。而且如果他的聖物跟盧米一樣可以隨意變換形體，那更不可能找到。

「這有點麻煩，我不知道他的聖物長什麼樣子，可能得把他扒光才能找到。」伊凡已經開始想像自己把加雷特壓在地上、扒光對方衣服的模樣了，雖然這個行為很變態，但若能打敗加雷特，當個變態也值了。

「也許他的聖物神權跟月神賜予你的神權一樣隱密……」

「你說什麼？月神神權？我？」伊凡瞪大眼睛，懷疑自己聽錯了，尤里西斯卻點了點頭。

「我已經知道了，你擁有兩個神權。我不會跟任何人透露的。」

伊凡疑惑，伊凡震驚。

「等等，我哪來的月神神權？我唯一擁有的神權就只有——」伊凡忽然想到什麼，硬生生止住了話。

他低下頭，愣愣地盯著自己的手，越想越不對勁。

在《吸血鬼帝王》裡，那些反派的金手指都是尤里西斯口中的神權，阿德曼有手鐲、加雷特有不知什麼東西，而光之劍本是屬於主角尤里西斯的金手指。

而他也是靠著某個金手指苟活到現在，那就是前世的記憶。

江一帆看過《吸血鬼帝王》，並且擁有在嚴酷環境下打磨出來的心理素質，若他沒有前世的記憶，恐怕早已死在尤里西斯手中了。

難道穿越也是屬於神的權能嗎？

一隻修長的手映入眼簾，牽起他蒼白的指尖。

伊凡茫然地抬起頭。

「想到什麼了嗎？」

又是這個眼神。

彷彿要看穿他的靈魂，把所有祕密拖到陽光下，讓他無所遁形。

「不管是什麼，讓我待在你身邊吧，我想分擔你的命運。」

誓言化為一把利劍，劃開他的軀殼，讓藏在裡面的江一帆備感心慌，他以為自己永遠不會被人發現。但其實尤里西斯已經明白，眼前這位吸血鬼一直在阻止悲劇發生，打從貝莉安失蹤時，他就在努力挽救局面。尤里西斯也不願再當個局外人，他不想再被拒於門外。

「……你什麼都不懂。」

伊凡艱難地別開了視線。

「這個世界原本賦予你一個相當殘酷的命運，如果你闖進來蹚這個渾水，我真的不曉得你的命運會產生什麼變化。」語畢，伊凡苦澀地笑了：「不過，也許已經來不及了。」

現在他們已經在同一條船上，加雷特要對付他，肯定也會同時對付尤里西斯。也許他一開始就不該讓尤里西斯成為他的血奴，或是別讓他成為聖騎士長。

伊凡已經忘了，他其實一開始只是希望尤里西斯不要殺了艾路狄家而已。

如果尤里西斯願意幫他對付加雷特，他本該喜上眉梢，慶幸自己多了一個可靠的盟友。可他沒有，只要想到尤里西斯會因為失去某人而露出痛苦的表情，伊凡就無法忍受。

說他矯情也好、自我滿足也好，希望重要的人平平安安，不是很正常的事嗎？

至少伊凡是這麼說服自己的。

「既然你已經察覺到我還有另一個神權，就麻煩你裝作不知道。至於這個神權究竟是以什麼形式被賦予的，我自己會再調查，你照我說的去做就好。」

望著伊凡默默收回的手，尤里西斯心有不甘地追問：「是我能力不足，讓你無法依靠嗎？」

「你已經很強了，但他不是會跟你正面對決的敵人。加雷特很清楚自己的短處，在強大的敵人面前他不會選擇正面衝突，而會選擇他最擅長的借刀殺人，打敗你們。」

加雷特用借刀殺人這招滅了艾路狄家跟薩托奇斯家，還讓尤里西斯近乎失去一切。

「我才是最適合對付他的人，因為我可以預判他的行動，就憑這點，我是不可能輸的。」

伊凡伸長了手，摸摸聖騎士的頭。一股憐愛的情感湧入他的心臟，伊凡感覺自己好像栽進了巧克力鍋，滿身甜蜜的滋味。

「相信我，不會有事的。你先在一旁乖乖等我，好嗎？」

尤里西斯握住那隻在他頭頂輕拍的手，微微側過頭。

「如果我乖乖等你了，你會告訴我真相嗎？」

「在未來的某一天，會的。但不是現在。」

等他解決加雷特之後，他們就能擺脫命運的枷鎖。到那時候，伊凡願意跟他講述一個名為《吸血鬼帝王》的故事，在那個故事裡，主角失去一切、打敗反派，成為這個國家的王。至於他是怎麼知道這個故事的，伊凡大可以謊稱是神明託夢，反正在他原本的世界裡，人們都很喜歡用這個理由。

「對我而言，最殘酷的命運是失去你。」

聖騎士的目光虔誠而炙熱，宛若在凝視他的神明。

「我可以等，但如果上天要賦予我這個命運，我至死也會抵抗到底。」

如此赤裸而坦誠的目光，伊凡這次終於讀懂了。一顆直球砸得他頭暈眼花，伊凡心想，被拖到太陽下曝晒大概就是這種感覺。他現在全身發燙，羞恥到彷彿下一秒就會化為灰燼。

所幸尤里西斯知道他的心上人還需要時間消化，他鬆開手，從懷中拿出邀請函，貼心地給伊凡臺階下：「這是神殿託我送來的邀請函。神殿想為晉升儀式的事跟你道歉。他們沒有想要傷害艾路狄家的吸血鬼，只是當時情況緊急，不小心連你也一起打了。白日樞機希望能當面跟你道歉，我跟艾蕾妮也會在場。」

伊凡趕緊說了一句我看看，用指甲割開信封。

明明知道他是艾路狄家的吸血鬼，神殿還是堅持用路德先生稱呼他，只是簡短地表示來意，說想請他吃頓晚餐。

吸血鬼的嘴角微微上揚，他老早就想跟神殿打好關係了，這不是正好嗎？況且還有尤里西斯跟艾蕾妮在場，這兩人是不會害他陷入危險的。

「如果這不是誘捕吸血鬼的陷阱，那我可以賞個臉去坐一下。時間安排在三天後吧，我順便去接布魯迪回來。」

「我接你過去？比較安全。」

「不用，你在那裡等我就好。雖然他們已經知道我們有交情，但還是謹慎一點為妙。」伊凡知道那裡是個人多嘴雜的地方，他可不希望自家血奴在職場上被傳什麼流言蜚語。

看著尤里西斯欲言又止的樣子，伊凡心頭一暖，儘管臉頰仍紅彤彤的，依然露出了開心的笑容。

「我知道你在擔心什麼。放心，我不會有事的。」

就如之前所說，他永遠都知道對方下一局打算出什麼，所以不可能輸的。

「你說你還要在這裡待上幾天？」

「是的，可以嗎？尤里哥哥。」

尤里西斯對眼前的男孩投以困惑的目光。

布魯迪露出天真的笑靨，這副溫順乖巧的模樣看得周遭的神職人員心都化了，除了尤里西斯。

「你就答應他吧，聖騎士長。這孩子已經夠可憐了。」

「是啊，就算薩托奇斯的吸血鬼對他不錯，但誰知道未來會如何呢？還是跟人類一起生活比較好吧。」

尤里西斯沉默不語。在場只有他知道，這個男孩並非一個柔弱的小天使，而是擅於裝無辜的小惡魔。

尤里西斯不曉得他懷了什麼鬼胎，但也不忍拒絕，只能先答應，轉頭再請伊凡安撫他那脾氣不好的竹馬。

隔天晚上，尤里西斯工作到一半，忽然收到其他聖騎士打的小報告。得知布魯迪翻牆逃走了，尤里沒有派人阻止他，而是默默跟了上去。

他很快便發現，小惡魔前往的方向正是關押凡納斯的地牢。多虧席夢娜的幫助，凡納育幼院昨天被人翻個底朝天，他的祕密帳簿落到席夢娜手中，席夢娜率先拿凡納斯來個殺雞儆猴，許多涉案人士立即跟他撇清關係，甚至倒打一耙，事已至此，凡納斯總算再無翻身可能。

真的是這樣嗎？

尤里西斯不這麼認為，因為凡納斯靠著販賣人口賺進大筆金幣，至今還沒把他的資產全部摸透，若給他一個機會越獄，他極有可能逃往國外重新開始。

窮人越獄只能逃往地獄，富人越獄卻能逃往天堂，這個世界就是如此，所以尤里西斯沒有阻止他。

布魯迪最終停在一處橋下。

男孩垂下嘴角，露出不符年齡的沉重神情，他站在黑暗之中，目光漠然地盯著前方。

尤里西斯躲在橋墩後方，感覺周圍泛著一股殺氣，他悄悄拔出劍，若布魯迪有危險，他能第一時間出手。

前方傳來紊亂的呼吸聲及腳步聲，沒過多久，一名蓬頭垢面的中年男子狼狽地朝這裡跑過來。

「啊，該死的！怎麼這麼遠啊？」

聽見這令人反胃的聲音，尤里西斯皺起眉頭。

來者正是已然身敗名裂的凡納斯，這人才關押沒幾天就逃出來了，他的臉頰仍圓潤潤的，完全不像被羈押的犯人。

「你這小鬼怎麼會在這裡！」凡納斯差點撞上布魯迪，他後退幾步，在認出來人後，臉色倏然發白。

「我來接爸爸啊。」

「不准這樣叫我！」

「為什麼？你不是跟我們說過，要把你當爸爸看待嗎？」布魯迪故作天真地反問。「爸爸，你說過會給我們最好的安排，對吧？」

凡納斯氣得臉色脹紅，高高揚起了手。「你還有臉說——」

他的手被人從身後抓住了。

「爸爸，你不是說過，身上留有瘀青就不好被收養了？」

「啊啊啊！」凡納斯的手被硬生生扯到背後，呈現不自然的弧度。當他看到身後那位身形高壯、臉帶傷痕的少年時，身體開始顫抖。

原來殺氣的源頭來自這裡，尤里西斯放心地將劍入鞘。

躲在橋墩下的不只他一人，幾名大人、青少年從暗處走出來，迅速包圍了凡納斯。

他們歷經風霜、眼神混濁，看著凡納斯的眼神都帶著恨，這些曾被當成商品售出的孤兒們一直在等待這樣的機會來臨。

是布魯迪讓他們齊聚一堂的嗎？尤里西斯猜想。有個受害者站出來了，這些人也紛紛鼓起勇氣，連繫布魯迪，一同策劃這場復仇。

他們是故意讓凡納斯逃出來的，就為了澈底斷了凡納斯的後路。

「你們瘋了！要不是因為我，你們到現在都還在街頭流浪！我給你們翻轉人生的機會錯了嗎？」

某些人的字典裡就是沒有認錯這個詞，在被五花大綁後，凡納斯仍堅持自己是個好爸爸，直到一名少年拿布團塞住他的嘴。

「嗚嗚嗚嗚！」

「弟妹們，你們覺得這傢伙能賣多少錢？」一名面容憔悴的男子笑著發問。

「長相零分，智商零分，服從度也零分。這賣不出去吧？」一名穿著暴露的少女誇張地嘆了口氣。

「免費。」布魯迪提議。

「就這麼辦，走吧。」高壯的少年一肩扛起扭動的米袋。「我們還得給爸爸找個新家呢。」

「吸血鬼收不收呀？嘻嘻。」

「布魯迪，你說的馬車在哪裡啊？」

「這裡，跟我來。伊凡哥哥說他的馬車隔音效果很好，有想去的地方，跟馬伕說一聲就行了。」

「好耶，終於能離開這裡了！」

一群大孩子蹦蹦跳跳地逃離犯罪現場，尤里西斯則站在原地，目送一行人離去。

他決定裝做什麼也不知道，若有人問布魯迪怎麼不見了，就說這孩子想念他的吸血鬼新家，自己跑回去了。

他仰頭望向泛起魚肚白的天空。

晨曦為街道染上一絲明亮的色彩，把橋下的陰影趕到了千里之外。

尤里西斯朝太陽升起的方向邁開步伐，回到了他的崗位。

「天亮了？時間怎麼過得這麼快？」伊凡坐在書桌前，望向玻璃窗外的明媚天空，打了個呵欠。

他搖了搖鈴，請霍管家把寫好的工作交接文件寄給隔壁的吸血鬼領主，隨後打算睡一下回籠覺，雖然身體不會累，但他的心已經累了。

他不過就是代班一下薩托奇斯的吸血鬼領主，短短幾天的工作量就快把他淹死，天曉得阿德曼平時是怎麼做的，下次阿德曼要是敢再裝出紈褲子弟的模樣，伊凡絕對會狠狠嘲諷到底。

「少爺，您確定晚上要去神殿嗎？」

伊凡點點頭，他知道神殿是有心想解決曼德拉草斷貨的問題，歷經一連串的漲價到斷貨，太陽神殿終於受不了，願意低下頭來跟吸血鬼認錯了。

在狠狠睡了一覺後，伊凡準備了一紙對乙方極為不利的合約，再帶上一紙空白制式合約，打算先來個獅子大開口，氣死白日樞機再來談真正條件，為此他還跟父親萊特開了個會。只要伊凡願意和解，萊特也是沒意見。

待太陽沒入地平線後，伊凡帶著堅定的步伐踏出大門。

「少爺，真不需要再為您準備些什麼嗎？」霍管家有些憂心地在後頭追問。

「不用，這樣就好。」伊凡俐落地跳上馬車。

兩匹個頭精壯的白色駿馬踏起步伐，緩緩駛向艾路狄領地邊境的迷霧裡。

這段期間，伊凡都沒有跟尤里西斯見面，僅以書信往來。他本想好好思考兩人之間的事，可一來沒有時間，二來他也覺得有點尷尬，他認為自己那天的態度有點失禮，搞得好像自己恐同一樣，但其實他沒這個意思，只是有點不知所措而已。

另外，這幾天他也把衣帽間翻了個遍，連床底縫隙都沒放過，可就是沒找到任何含有月神力量的物品，對此伊凡只能推測，他本身就是神權的媒介。

若真是如此，那就頭痛了。這意味著加雷特也有可能是類似的情況。

伊凡嘆了口氣，他擰了擰眉，閉上雙眼。

馬蹄踩在樹葉上，發出沙沙沙的聲音，夜晚微風在他耳畔低語，烏鴉的叫聲在森林中迴盪。

他是吸血鬼，奧斯曼森林之主，只要他願意，森林會徒手挖出自己的心臟，將一切赤裸地呈現在他面前。

伊凡睜開雙眸，深紅的眼眸裡閃過一絲冷意。

一陣狼嚎聲劃破長夜，揭開了狩獵的序幕。

十幾隻野狼從迷霧中冒出，形成左右包夾的陣型奔向馬車。為首的領頭狼以不輸馬匹的速度從馬車的斜前方竄出，將尖牙利齒對準了白馬。

馬兒受到驚嚇，瞬間亂了默契，一隻抬起前腳，一隻想往旁邊逃命，馬車頓時嚴重傾斜，速度跟著慢了下來。

趁這機會，幾隻野狼撲向馬車重心不穩的一側，用全身的重量把馬車顛覆在地上。

在馬車即將倒地的前一刻，一道冰刃斬斷連結馬與馬車的馬具。

僅僅幾秒鐘，狼群已然將馬車包圍，來不及逃跑的白馬們驚恐地原地踏步，車內一片死寂。

砰砰砰砰。

馬車車窗傳來激烈的拍打聲。

下一秒，車門開啟，一隻青紫色的手從倒地的車廂中伸出，一掌拍在了車身上。

接著，第二隻手、第三隻手、第四隻手如雨後春筍般從黑壓壓的車廂中冒出，車廂內發出令人毛骨悚然的咆哮聲。

一具具腐爛的屍體以扭曲的姿態從車廂內爬出來，以怪異的姿態撲向距離最近的野狼。

「噓，沒事的。」一個帶點磁性的嗓音幽幽迴盪在迷霧中，安撫受驚的馬匹。

一陣風將吸血鬼的兜帽輕輕拉下，撩起他的銀白髮絲。吸血鬼輕盈地落在白馬跟前，回眸看向顛覆的馬車。

「區區幾匹狼也想拿下我？會不會太瞧不起人了？」伊凡哼笑一聲，揚起一隻手。

一陣刺骨的寒意凝聚於上空，無數尖銳的冰錐從天而降，打得狼群措手不及，幾隻狼當場被擊中，沒被擊中的則被冰霜凍住了腳。死靈們不知疼痛為何物，撲到野狼身上，啃咬牠們身上的血肉。

僅僅一瞬間，吸血鬼便鎮住了局面。

為首的領頭狼閃過了冰風暴，號令群狼攻向伊凡。

伊凡一個躍步騎上馬，指向領頭狼。

「滾回你的地盤去！」

來自奧斯曼森林頂級狩獵者的喝斥聲喚醒了匍匐在林中的吸血鬼從者們。

數百隻的蝙蝠從樹林中冒出，奮勇地撲向四腳追獵者。

伊凡打算趁機離開，可當他望向王城的方向時，霧茫茫的視野讓他頓時一愣。

身為吸血鬼，他比誰都明白這陣濃霧並非偶然。就這麼短短一刻，他已經陷入某個吸血鬼的幻影結界中。

想要突破吸血鬼的幻影結界，就必須在暗魔法的領域比對方更技高一籌，可伊凡是個半吸血鬼，他是擅長魔法，但屬於廣而不精的類型，他看不穿這層迷霧。

光之劍現出原形，試圖劃破這陣迷霧，但卻像一拳打在棉花上，對著空氣砍了幾次依然無果。

伊凡慌了，他策馬朝王城的方向奔馳，卻陷入鬼打牆，不論怎麼跑都會回到同一個地方。

蝙蝠、狼、殭屍們消失不知去向，兩匹白馬不安地在原地踏步。伊凡深知這陣迷霧還有那些惡狼都是針對他而來，於是他下了馬，憑感覺指了個方向命令牠們先走。迷霧是活的，方向是死的，除了他以外的任何生命都可以脫離這陣迷霧。

「來殺我啊！你不是想除掉我嗎？」

伊凡的怒吼聲迴盪在空蕩蕩的森林中，無人回應。

「我不過就是個半吸血鬼！你不是最瞧不起我這種人嗎？有什麼好怕的？還是說你心裡有鬼？」

伊凡本計劃以自己為誘餌，趁這機會把加雷特引出來，反正有光之劍在手，就算賈克森來了，光之劍也能擋住他一會兒，而他可以趁亂把加雷特凍成一個冰棒，扔到馬車載去神殿。

就算失敗機率很高，他也想要賭一把。既然他搶了光之劍，那討伐吸血鬼的命運就該落到他頭上。他曾是這個世界的讀者，他可以改變劇情走向。

然而他期待的反派與主角正面對峙的戲碼卻沒有出現，為什麼呢？是他錯估加雷特，還是因為他本來就不是主角？

一陣刺骨冷風吹過，凍得伊凡心裡發寒。

腦海中浮現一個人影，那人站在搖曳的燭火旁，輕聲說，最殘酷的命運是失去他。當時伊凡不以為然，但他現在忽然可以明白對方的心情了。

「尤里……」

＊

尤里西斯皺著眉頭，神情難掩焦躁地盯著門扉。

偌大的會客室裡泛著緊繃的氛圍，聖女安靜地坐在位子上，猶如一尊美麗的人偶。白日樞機瞪著早已涼掉的茶水，蒼老的臉上冒出一根青筋。

按照原本行程，應該要先在會客室簡單寒暄一下，再去吃晚餐。可現在都過了二十分鐘，連個鬼影都沒看見。

「看樣子路德先生不是個守時的人啊。」白日樞機看著杯中倒影，喃喃一句：「跟他父親一樣不會做人。」

「路德先生是位成功的商人，商人講求誠信，我相信他只是路上有事耽誤了。」艾蕾妮溫聲表示，隨後對尤里西斯說道：「尤里西斯騎士長，你認為呢？」

「我去看看。」尤里西斯站起身，大步流星地踏出會客室。他懷著越發不安的心，騎上愛馬斑斑，朝奧斯曼森林奔馳而去。

待尤里西斯抵達案發現場時，一股寒意從他的腳底湧上。

一輛刻有艾路狄家徽的黑色馬車翻覆在地，拉車的馬匹不見蹤影，車身上留下好幾道抓痕，附近還躺著幾隻蝙蝠跟狼的屍體，現場一片狼藉。

他率先查看車廂，裡面空無一人，只有一根不知從哪裡來的人類骸骨。

「不用找了，他不在這裡。」一個漠然的低沉嗓音從身後傳來。

尤里西斯扭過頭，一眼對上那滄桑的雙眼。

老聖騎士站在一片狼籍中，穿著一身筆挺的聖騎士制服，單手拿著劍，對他露出燦笑。

「他在哪裡？你們把他抓去哪裡了！」

面對尤里西斯的厲聲質問，賈克森不予理會，他盯著翻倒的馬車喃喃：「雖然我向來對吸血鬼沒什麼好感，但這幾個月下來，我不得不承認，那個吸血鬼確實是個不錯的人，怪不得你會極力阻止我攻打艾路狄家。」

「那你為何還要襲擊他？為了治好那條腿，你連過往的信念都可以捨棄了是嗎？」

「我有什麼信念？持強扶弱、守護信徒嗎？是，過去的我可能有這種東西，可我守護的那些人是怎麼回報我的？在我腿受傷的時候，有任何人關心過我嗎？」

「沒有，他們只關心我是否還有追隨的價值，因為我是聖騎士長，聖騎士長就該像太陽一樣閃閃發光，永遠英俊帥氣、強大無比、充滿正能量。一旦失去任何一個條件，我就失去追隨的價值了。」

賈克森將劍尖指向尤里西斯，眼神銳利得有如刀鋒。「這就是現實，尤里，人們不會在乎你為他們付出多少，他們只在乎你有沒有扮演好他們理想中的模樣。一旦理想出現一絲裂痕，你就是他們的反派。我問你，這樣的世界，真的值得你守護嗎？」

尤里西斯說不出話。

他想到白日樞機跟他說的話以及信徒們對他的質疑。他都犧牲與心愛之人的相處時間、耗盡最後一絲心力了，人們卻依舊對他不滿意。

他確實對這個世界感到無力與失望，但……

「就算不值得守護，我也不會因此去傷害他人。」

師徒兩人的眼神竄著火花，兩人都固執得像一把劍，誰也不肯主動折斷。

賈克森的眼神越發凶狠，像是盯著仇人一樣，一股巨大的憤怒伴隨殺意湧上。

「既然如此，你當初就不該救我啊！就是因為你救了我，我才不得不選這條路啊！」

長劍在空中劃出一道光弧，以凶猛的氣勢朝尤里西斯襲來。尤里西斯一個箭步閃過，施以相同的回擊，他的劍術是賈克森教出來的，每一個劍技他都爛熟於心，也沒有人比他更清楚賈克森的戰鬥方式。聖騎士間的戰鬥華麗而炫目，刀光劍影間帶著太陽的殘影，每一次刀劍相撞都碰撞出燦爛的星火。

賈克森說過，攻擊就是防禦，所以他用劍尖挑開尤里西斯的攻擊，以令人喘不過氣的攻勢讓尤里西斯無法找到空檔出招。

在強敵面前，猶豫即敗北，可尤里西斯心中滿是猶豫，因為他想知道伊凡的下落，要是賈克森死了，他可能永遠都無法知曉伊凡去哪裡了，再加上他並不想跟賈克森刀刃相向。

眼前這個人可是他各方面意義上的老師，是他教會尤里西斯何謂騎士精神，是他教導尤里西斯要如何成為一個善良且充滿正能量的人，他很清楚賈克森並非完人，可他也不是如此嗎？完美的聖騎士是他們扮演出來的，沒有人比他們更清楚這其中的辛酸。

「怎麼啦，尤里？是不是沒吃飯啊！」賈克森的笑聲迴盪在森林中，他就像一隻逃出牢籠的猛獸，肆意揮舞他的利爪，打得尤里西斯節節敗退。「要是不打敗我，你就永遠別想再見到伊凡・艾路狄！」

「你！」

尤里西斯的呼吸亂了，身上落下好幾道血痕，他的手背被劃下一道深可見骨的傷口，椎心刺骨的劇痛讓他差點拿不住劍。

——相信我，不會有事的。

臨危之際，尤里西斯想起伊凡曾說過的話。

「鏗鏘」一聲，尤里西斯及時擋下賈克森的劍，他深吸一口氣，咬牙開口了。

「少騙人了，伊凡怎麼可能敗在你手上。」

賈克森愣了一瞬，趁這機會，尤里西斯一個突刺，終於在賈克森的臉側留下一道血痕。

賈克森與他拉開距離，緩緩抹去臉上的血跡。

「哈……還真敢說啊。」他的眼神毫不掩飾對尤里西斯的欣賞，一如過往那樣。

「那個小毛頭有光之劍的庇佑，打起來確實挺棘手的。」長劍向後一甩，賈克森重新擺出攻擊架式。

尤里西斯全神貫注地盯著他的動作，聖光纏繞劍身，他握著一柄陽光。

「不過呢，很可惜……」與之相反，老聖騎士手中的長劍光芒黯淡下來。他一步躍起，一股不祥的黑色霧光從他的劍身噴湧而出，鋪天蓋地朝尤里西斯席捲而去。

「很可惜，他們沒這個機會交手。」一個帶著笑意的低沉嗓音從尤里西斯身後傳來。

尤里西斯心頭一驚，及時往旁邊一閃，但已經太晚了，一隻巨大的黑色魔爪將他按倒在地上，與此同時，早有預料的賈克森劍鋒一轉，劍尖在空中轉了半圈，從上空俯衝而下。

那一刻，尤里西斯的手心被黑色劍氣貫穿了。

他也不知道發生了什麼事，回過神來，那把曾在戰場上救過他無數次的長劍戳向他的手背，腐敗的黑霧鑽進他的皮肉，讓他感到一股彷彿被雷擊貫穿的劇痛。

尤里西斯向前倒在地上，吐了一口血，他的身體彷彿被麻痺了，五臟六腑都攪在一起，鮮血不斷從他掌心流淌而出，伴隨著他的信念一起。他嘗試施展治癒術，可這傷口像被詛咒了一樣，傷勢反而變得更加嚴重。

「感受我的痛苦吧，尤里。然後你就會明白，這一切都不值得。」

那個曾教導他何謂騎士精神的師長，站在一團朦朧不清的黑霧中，盯著他的眼神好似一頭發現獵物的嗜血禿鷹。

尤里西斯抓住滾到一邊的長劍，銀白的劍身映出一道黑色的身影。

他愣了愣，不敢置信地抬起頭。

只見加雷特雙手揹在身後，氣定神閒地來到賈克森身側。

「我原本還擔心你不會衝過來，還好你來了。」加雷特瞇著眼睛，頗為滿意地欣賞尤里西斯臉上的表情。「為了讓伊凡中我的陷阱，我花了不少心力呢。」

直到這一刻，尤里西斯才明白，原來他才是加雷特的狩獵目標。打從一開始，這兩人就是衝著他來的。

「很震驚嗎？那你身為聖騎士長還太嫩了，不管是伊凡還是你都是，你們都自以為很了解我們是吧？很可惜，我們也很了解你們。伊凡那個笨蛋還以為我要對他下手呢，我可是很謹慎的。」

黑光凝聚而成的魔爪將尤里西斯從地上抓起來，黑色的指頭攀附在他身上，擠得他喘不過氣。

「尤里，加入我們吧。這個國家已經從根腐敗了，但加雷特可以改變它。在加雷特的引導下，所有人都可以遵從本心而活。」賈克森攤開雙手，一副大發慈悲的模樣。「只要你選擇服從，加雷特會讓你成為奧斯曼森林的領主，你可以保護所有人，你的妹妹跟伊凡・艾路狄都不會有事。」

「如果我拒絕呢？」

「吸血鬼的字典裡沒有拒絕。反正你也只是一條狗，再不聽話的狗關進籠子裡，總有一天會屈服的。」

加雷特雙手揹在身後，他的眼神毫無慈悲，宛若一隻正在了解該如何下口的猛獸。

一個是慈悲的聖騎士，一個是無情的吸血鬼，但尤里西斯清楚地了解到，這兩人是同類，沒有存在誰控制誰，賈克森是真心站在加雷特這邊的。

尤里西斯知道，自己根本不是一個合格的聖騎士。他心中沒有半點對神的信仰，每次禱告都在瞎念，之所以成為聖騎士也只是想看帥哥而已，可即使如此——

他也是聖騎士長，是神殿的劍，是守護伊凡的一道光，沒有一個聖騎士會對恐懼低頭。

「很巧，我的字典裡也沒有屈服這個詞。」

一陣強如白晝的光芒劃破黑霧，黑色魔爪瞬間在光芒中灰飛煙滅，目中無人的吸血鬼身上也出現灼燒般的痕跡，痛苦得彎下身子。

尤里西斯撿起掉落的長劍，一劍朝加雷特揮舞而去。

一道白色身影閃現，及時將加雷特撈走。尤里西斯以最快的速度揮出一道耀眼的斬擊。

傷口被粗暴地撕扯開來，掌心已經疼得近乎麻木，他的騎士服被點點血跡渲染，雙眸被閃光與鮮血模糊了視野，可即使如此，尤里西斯依然沒有放下手中的劍。

他的光芒驚動整座森林，黑夜中的迷霧四散奔逃，沉睡中的動物們紛紛探頭仰望，連在黑暗中徘徊的孤魂野鬼們也停下腳步，著迷地撲向白日光輝裡。

「不可能，你不是沒有光之劍嗎！」

一片朦朧中，他聽見賈克森的咒罵，腳步聲逐漸遠去。他邁開步伐，打算追殺這兩人到天涯海角，直到他聽見一聲微弱的哀鳴。

尤里西斯停下腳步，焦急地東張西望。他的光芒震懾了所有生物，包括他自己。如此刺眼的光芒只有神有辦法看清。

「伊凡？」

尤里西斯陷入短暫致盲狀態，他尋著聲音，跌跌撞撞地在森林中摸索。身上的光芒如花火一般消失無蹤，唯有身上的炙熱感能證明它的存在。尤里西斯被樹根絆倒，他跌坐在地上，摸索了一番才找到掉落的長劍，可依然找不到伊凡。

他能嗅到那股淡淡的迷迭香氣，感受到伊凡溫暖的魔力，可這片森林是一座只有吸血鬼才能解讀的迷宮，即使他是個無所不能的英雄，也難憑一己之力找到目標。

忽然，一道金絲線從天而降，纏住尤里西斯的手腕。

溫暖的觸感讓尤里西斯愣在原地，這絲紡線由聖光織成，細小一根卻蘊含著源源不絕的力量，他抓緊絲線，在黑暗的樹林中尋找半人半鬼的迷宮之主。

什麼也看不見，唯有呼吸聲清晰可聞，疼痛麻痺了感官，連淚水都不知去向。尤里西斯第一次感到如此無力，但只要見到那個人，他就能恢復原樣。

「伊凡，你在這——」

話音未落，一個冰冷而纖細的身子撲進他的懷抱。

「怎麼傷成這樣？」

一個不知所措的聲音鑽入他的心臟，他的心不受控制地亂跳。

「對不起，是我判斷錯誤了，我沒想到他會先對你下手。」

為什麼他的聲音這麼悲傷呢？還帶著些許顫抖，聽起來好像快哭了。

「不要哭，我沒事。」

要是自己能爭氣一點，是不是就能讓他不哭了？他承擔了這麼多，為什麼自己卻在關鍵時刻幫不上忙呢？

尤里西斯的指腹輕輕蹭過他的臉頰，帶走一滴溼意，也摸到了被聖光灼傷的痕跡。

連賈克森都知道何時該收斂光芒，可他卻無法做到。

「可以吸一下我的血嗎？不然流這麼多，都浪費了……」

吸血鬼的身體微微一僵，隨後在沉默中，小心翼翼地脫下他的手套。

啪答一聲，破損的手套落在地上，取代而之的是吸血鬼的吻。

淚水與血液混在一起，被鮮紅的舌頭舔去，他的吸血鬼是如此溫柔，擁有一對獠牙，卻不敢碰觸他的傷口。

也因如此，尤里西斯疼得眼眶發酸。

此時此刻，他只想溺死在這過於溫柔的疼痛裡。

Epilogue 尾聲

厚厚的灰色烏雲遍布整個奧斯曼王國，陽光與藍天全都被擋在雲層之外，連帶著氣溫驟降，走在路上，隨口就能吐出一口白霧。

伊凡走在王城街道上，幾片落葉掃過他的腳踝，被寒風趕到角落。

是因為冬天即將來臨的關係嗎？街上民眾寥寥可數，比伊凡上次來時還要冷清許多。

他從貓頭鷹書店出來，隨手將新買的收藏交給身邊僕從，順帶扔了幾個銅板過去。

「找間酒吧打發時間吧，時間到了再回來。」

一個合格的吸血鬼僕人永遠懂得何時該退場，僕從默默收下銅板，捧著一疊書消失在巷弄中。

伊凡獨自走在大街小巷裡，他的聽覺十分敏銳，可以聽見屋內傳來的談笑聲。

「你聽說了嗎？聖騎士長要換人了！那個尤里西斯也是好笑，之前人人都說他會是有史以來最優秀的聖騎士長，結果剛上任便出了一堆問題，人嘛，還是得認清實力，沒能力就別坐在那個位子上。」

「我看他殺了一條龍這件事也是捏造的吧？龍其實是其他人殺的，只是他是聖騎士長的繼承人，為了博得好名聲，把所有功勞都搶走了。」

「早就說了神殿水很深，你們還不信——哈啾！是誰把窗戶打開的啊？冷風都灌進來了！」

伊凡煩躁地加快腳步，眼角餘光注意到幾道熟悉的身影，是貓頭鷹書店的常客們。

「嗚嗚嗚，尤里……他該不會再也不能握劍了吧？」

「不要亂說話！尤里只是需要時間休養而已！神殿不是都說了嗎？他只是慣用手被吸血鬼弄傷了，必須去外地治療，他很快就會回來的！」

「又不是傷了慣用手就什麼都不能做了！這明顯有問題吧！」

「我們尤里為什麼這麼命苦？這才剛上任沒多久而已啊……」

幾名戴著面具的女孩們窩在角落低泣，然而這樣的聲音終究占少數。站得越高，摔得越狠，接連發生的意外已讓信徒們對尤里西斯的能力產生懷疑，這一次的受傷事件對那些人而言，無疑是一個不適任的證明。

「搞什麼啊？一下是吸血鬼闖入神殿，一下又是育幼院爆出醜聞，不是說好要處理那個殺人魔吸血鬼嗎？結果呢？手直接被人打殘了！這下我們該怎麼辦啊！」

「賈克森騎士長在位時不是都好好的嗎？怎麼換他上任就事情一堆啊？現在好了，誰還能保護我們啊！你們神殿怎麼選人的，給我們這些信徒一個交代啊！」

伊凡遠遠站在堵住神殿門口抗議的信徒們後方，默默垂下了頭。

是不是不管他如何努力改變劇情，有些事終究會發生呢？

《吸血鬼帝王》的尤里西斯被加雷特誣陷為殺人凶手，一夕之間眾叛親離，成為奧斯曼王國的眾矢之的，被神殿貶為罪人。

他失去一切，最後只能孤身一人踏上最後的復仇之路。

這條路的盡頭太過寂寞，就算賠償他一頂王冠，失去的也回不來了。

「我能做什麼？」伊凡碰了碰耳邊的光之劍耳墜，要是神能給他答案就好了。

可這個世界是一個連神也想挽回的錯誤，恐怕連太陽神也無法給予他解答。

一條近乎透明的金絲線浮現在他眼前，由於現在是白天，不仔細看很容易忽略。

伊凡對它很熟悉，當初尤里西斯就是靠著這條線找到自己的。

在他面前，光之劍鮮少揮劍砍敵，它總是變成弱小、毫無存在感的模樣，在黑暗中默默指引伊凡。

一條弱不禁風的絲線能起到什麼作用？既沒辦法改變民眾的想法，也無法勒死一隻吸血鬼，就跟他本人一樣，蒼白無力。

伊凡壓抑心中的苦澀，邁開腳步。

他順著絲線，穿梭在錯綜複雜的巷弄裡，一陣刺骨的冷風輕拂過他的斗篷，他的鼻子感覺冰冰的，仰起頭，這才發現天空已然下起細細的雪花。

是象徵冬季來臨的初雪。

「伊凡？」

聽見這個聲音，伊凡反射性地看過去。

尤里西斯站在金絲線的盡頭，他揹著簡單的行囊，穿著略顯破舊的白色騎士服，孤身一人站在杳無人煙的巷弄中。

白雪落在他的肩頭上與被風吹亂的髮梢裡，看起來有些落魄，可看向伊凡的那雙眼，依然漾著光。

看見這個熟悉的笑容，伊凡加快腳步走過去。

金色的絲線消散在空氣中，伊凡停下腳步，伸手整理他亂掉的瀏海。

「怎麼出現在這裡？我以為你會從後門離開。」

「後門有很多記者堵著，艾蕾妮建議我從側門離開。」

「那些人真是……」

伊凡想跑過去召喚一場暴風雪，可被尤里西斯攔住了。

「你是特地來接我的嗎？」

「說什麼廢話？」伊凡很想打他的頭，但這個小他一歲的男孩緊緊抓著他的手腕，說什麼也不放開。

「神殿怎麼說？」

「神殿叫我先留職停薪，暫時由丹尼斯接替我的職務。他們給我放了一年的長假，要我什麼也別擔心，趁這段時間好好養傷。」

「……」聽起來很體貼，但在這種節骨眼讓人留職停薪，分明是要趕對方走。

那一天，尤里西斯的掌心被劍貫穿，雖然事後用治癒術讓傷口癒合了，可他的手似乎中了詛咒，整個手背呈現死人般的灰黑色，當他要施力時，手指會不聽使喚，僵在原地。

沒人知道這個黑魔法該怎麼解，但他確實大大影響了尤里西斯的戰鬥能力。若他只是個聖騎士還好說，但他是聖騎士長，一個戰鬥力打了折扣的聖騎士長是沒辦法率領神殿的，就像當初的賈克森一樣。

若因為這件事辭退尤里西斯，神殿的名譽也會受損。所以神殿高層只好軟性施壓，對外宣布尤里西斯因傷請假，實則讓他留職停薪。

短短一年，足以改變一切，待尤里西斯回歸崗位時，那裡不會有他的位置。

不論哪個選項，都令人失望，也許就像賈克森說的，這一切不值得守護。

……真的是這樣嗎？

尤里西斯深深凝視著眼前的心愛之人。

「別露出這副難過的樣子，我已經叫廚房準備晚餐了，都是你愛吃的。大家還準備幫你開個歡迎會，慶祝你正式加入艾路狄領地。」吸血鬼偏了偏頭，嘴角微微上揚，露出些許獠牙。「你還想要什麼？看在你要正式成為我的血奴的份上，我可以聽你說說。」

「……我想要一個安慰吻。」

「那有什麼問……嗯？什麼？？」

「一個安慰吻，可以嗎？」

尤里西斯微微低下頭，看不見的耳朵跟尾巴都垂下來了。

換作是過去，伊凡肯定不會多想，可現在他無法這麼做了。一顆直球砸得他雙眼發直，渾身發燙起來。

理智告訴他應該拒絕，可看到尤里西斯這副可憐兮兮的樣子，伊凡又不忍心。說到底只是一個安慰吻而已，他也確實很想做些什麼，安撫這隻被人踹了一腳的小狗。

一股憐愛之情從心底湧上，為何會有這種感覺呢？伊凡不清楚。

他伸出雙手，捧住那張凍得發紅的臉頰。

長得高真是討厭，想親一下都還得踮起腳尖。伊凡一邊在內心抱怨一邊湊上去，在這個大男孩的額頭落下一個輕吻。

那一刻，已然停止的心臟被注入鮮活的血液，在沉默中緩緩跳動。

他好像活過來了，血液在他體內奔騰，從耳根到脖頸都染上一片血色。他想拉開距離，卻融化在這個人的目光裡。

如此真誠而熱烈，宛若一顆炙熱的太陽，燒得他全身發燙。

他是吸血鬼，陽光是他的弱點。在陽光的照耀之下，伊凡只能闔上眼睛，任憑陽光親吻他的雙唇。

他吻了一團光，那感覺是如此令人著迷，彷彿下一刻化為灰燼也了無遺憾。而從聖騎士熱情的回應和狂亂的心跳來判斷，他很確定對方也有同樣的感受。

兩人拋開一切，躲在無人的巷弄裡擁吻，只有白雪與太陽知曉他們的祕密。

——未完待續

被烈火灼燒的聖騎士

賈克森離開艾路狄領地，漫無目的地在森林裡奔逃，不知跑了多久，他終於力竭了，氣喘吁吁地彎下身子，開始感到一絲慚愧。

他剛剛做了什麼？就算那些人是吸血鬼的走狗，但終究是他的同類。身為聖騎士的他居然攻擊平民，他的騎士精神去哪裡了？

對兩個小孩大吼大叫、罵他們腦袋壞掉、把人們打暈……任何一件事傳出去，他都會身敗名裂，可偏偏他全做了。

他當了這麼多年的聖騎士，沒有人比他更了解一個理想的聖騎士該是什麼樣子，焦慮、嫉妒、憎恨，這些陰暗的情緒不該出現在一個聖騎士身上。可自從他的腿瘸了以後，這些情緒像藤蔓一樣瘋狂蔓延開來，在他心底纏繞成一團解不開的結，再也無法忽視。

美好的形象被現實一片片割裂，最後被莫名湧漲的憤怒撕個粉碎。

明明是如此令人絕望的發展……此刻他卻覺得神清氣爽。

胸中那股累積已久的鬱悶好像消散了，為什麼呢？

此時，後方的樹叢傳來動靜，賈克森回過頭，僅僅是看一眼，他便明白自己反常的原因。

「真是可悲啊，身為聖騎士長，卻主動傷害他人。我看你是無法再回到神殿了，該怎麼辦呢？」

是蓋布爾家的吸血鬼——加雷特．蓋布爾。

賈克森討厭每一個吸血鬼家族，他向來認為蓋布爾家很虛偽，也對這個家族感到不恥。可現在他才知道，那個活在虛偽中的人是自己才對。

「我剛剛感覺自己就快被憤怒吞沒了，這很奇怪，我當了聖騎士幾十年，從未如此失控過。」說是這麼說，賈克森的嘴角卻微微上揚。「是你幹的嗎？」

「你說呢，聖騎士長？」加雷特雙手負在身後，嘴角跟著扯出一個弧度。

「不想笑就別笑了，我記得你不是個愛笑的人。」

是的，這不是他們第一次見面了。賈克森見過他的兄弟、他的父親，還有聽不進人話的薩托奇斯和艾路狄當家主，他還記得加雷特小時候的樣子。

「我這可是發自真心的笑啊。倒是你，這種時候居然還笑得出來?你應該知道回神殿的後果吧，不會再有人站在你這邊，你只能順應時代的潮流，悽慘落魄地被神殿強迫退休……」

內心那股陰暗的情緒再度增強，明明心臟被怒火燒灼著，他卻覺得有種終於宣洩出來的暢快感。

他是一頭脾氣暴躁的狼，大半輩子都以狼王自居，為此洋洋得意。可在腿瘸了以後，他才看清現實，明白自己不過是頭被人養在牢籠裡的狼。

野性尚未被馴服，籠子曾是他的世界。現在牢籠打開了，他沒有再回頭的理由。他寧可被地獄的業火焚燒，也不願躺在牢籠中冰冷地死去。

「小子，你這能力可真不錯。」賈克森大步流星走向吸血鬼，眼中燃著一絲火光。「怎麼不早點拿出來對付我呢？」

委屈、煩悶、嫉妒、無力，所有的情緒混在一起，伴隨著怒火熊熊燃燒，他再也不用壓抑這些情感。賈克森受夠那些繁文縟節了，他只想燒了全世界。

面對如此，加雷特罕見地愣了。他試圖在聖騎士身上找出謊言，可吸血鬼本就畏光，被這個過於刺眼的眼神注視著，他根本找不出一絲破綻。

「喜歡的話，就跟我走吧。我可以天天對付你，還可以拿來對付他人。」

加雷特轉過身，朝一團連月光都難以穿透的迷霧中走去。

賈克森一把將長劍扛在肩上，跟上吸血鬼的腳步。

一人一鬼就這麼消失在皚皚白霧中，無人知道他們的去向。

Afterword 後記

大家好，野生羊駝又出現啦！不曉得大家喜不喜歡這集呢？

首先要說的是，這集的封面真的太辣了！看到當下差點沒興奮死！很好笑的是當初我跟編輯討論了幾個封面構圖，後來我強力推薦這個姿勢，讓阿德曼被伊凡壓制在地上，表情仍一臉狂妄，編輯說好，那再讓阿德曼露一點胸肌，然後阿蟬老師又為阿德曼加上鐵鍊！紅蠟燭！於是就出現了這張性張力爆表的封面！我看到差點改吃阿德曼×伊凡的ＣＰ，怎麼那麼香！

阿德曼就是妥妥的α男，對自己極其自信、有強烈的掌控欲，所以在《吸血鬼帝王》裡他才會誘惑伊凡，因為他無法接受事情失去掌控，他需要一個可以讓他找回主權的對象。

尤里也有掌控欲，但他想掌控的是自己。不論是被萬人吹捧、還是掉進泥巴坑裡，他都會努力保持初心。而他也很幸運遇上了伊凡，只要有伊凡在，他永遠不會迷失自我。

另外伊凡跟聖女相遇的場景我也很喜歡！透過這集大家應該也發現了，伊凡溝通時喜歡平視，這是個能降低威脅性的方式，如果對方是個孩子，他會蹲下來耐心溝通。如果是對象是一個坐在椅子上唉聲嘆氣的少女，他會跟著坐在旁邊以平和的語氣搭話。他是個很好的傾聽者，會去同理他人，試著理解對方的痛苦，但面對阿德曼那種想情勒他的人，伊凡也很清醒，左耳進右耳出。

雖然尤里覺得他很特別，但伊凡並不這麼想。因為在他上輩子生活的世界裡，有很多跟他一樣的人。

目前唯一拒絕平視的人就是尤里（咦），在吸血橋段裡，尤里向伊凡示弱，跪在伊凡腳邊躺人家大腿，後來伊凡把他拉起來了，他又因為生理反應的關係跪回去（笑），大家應該有發現了，這個人有點M……他很期待伊凡能對他來段吸血鬼強制愛，但是伊凡應該會羞恥到鑽地洞。

然後這次又有想吐槽的地方了！本來想在正文裡吐槽，但因為氣氛不太適合，只好在後記吐槽了！

首先是賈克森跟尤里的對峙，賈克森棄明投暗，尤里大受打擊，然後這兩人在吵架時，完全沒提到太陽神耶？你們是聖騎士吧？來個一句「你居然背叛神投靠吸血鬼！」或是「太陽神不值得我信仰」都好啊，結果完全沒有，沒有外人在場完全不演了是吧！

某方面來說，師徒倆確實挺像的……賈克森其實還是他認識的那個賈克森，但要等到第三集才會詳細說明了。

還有一個很好笑的地方就是第八章最後尤里的聖光範圍技太強把自己閃瞎了，到底哪個聖騎士會用聖光把自己閃瞎啦，小笨蛋耶，還燒到我方隊友了。（賈克森表示你還太嫩了）

後面的英雄利用金絲線找到迷宮之主的劇情我也很喜歡，這個比喻來自大家耳熟能詳的希臘牛頭人米諾陶洛斯。如果尤里是那個被關進迷宮的英雄，他大概見到迷宮之主，就不想出來了。（用絲線把自己跟迷宮之主緊緊纏在一起）

然後第二集其實修改了好幾次，非常感謝艾利的幫忙！其實寫完一度進入自爛模式，但艾利不厭其煩地幫我修稿，編輯也是幫了很多忙，感動到痛哭流涕……多虧你們才有第二集，謝謝。

最後講一下，這一集我最喜歡的橋段就是最後的親親了！心機BOY尤里靠著賣慘換來初吻，真的是很會！伊凡根本不用擔心尤里，這一親，尤里直接陷入飄飄然的狀態，興奮到失眠（笑）

順便寫個事後小劇場，下集就是最後一集了，期待與大家見面（比愛心）

伊凡：（親親完回過神，立刻與尤里拉開距離，保持一公尺以上的社交距離）

尤里：伊凡？等等，別走這麼快（趕緊跟上去）

伊凡：（一路沉默不敢看尤里）

尤里：（默默湊過去）伊凡，剛剛那個……

伊凡：不知道，別問我！是你先的！

尤里：對，是我先的（笑）

高寶書版集團
gobooks.com.tw

FH090
反派吸血鬼的求生哲學2

作　　者　草草泥
插　　畫　阿蟬
編　　輯　陳凱筠、廖家平
設　　計　林檎
內頁排版　彭立瑋
企　　畫　李欣霓

發 行 人　朱凱蕾
出　　版　朧月書版股份有限公司
Hazy Moon Publishing Co., Ltd
地　　址　臺北市內湖區洲子街88號3樓
網　　址　www.gobooks.com.tw
電　　話　(02) 27992788
電　　郵　readers@gobooks.com.tw（讀者服務部）
傳　　真　出版部　(02) 27990909　行銷部 (02) 27993088
郵政劃撥　19394552
戶　　名　英屬維京群島商高寶國際有限公司台灣分公司
發　　行　英屬維京群島商高寶國際有限公司台灣分公司 / Printed in Taiwan
Global Group Holdings, Ltd.
法律顧問　永然聯合法律事務所
初版日期　2024年9月

國家圖書館出版品預行編目(CIP)資料

反派吸血鬼的求生哲學 / 草草泥著.-- 初版. -- 臺北市
: 朧月書版股份有限公司出版 : 英屬維京群島商高寶國
際有限公司臺灣分公司發行, 2024.09-
面； 公分. --

ISBN 978-626-7362-82-2 (第2冊 : 平裝)

863.57　113010713